Christel Wiegand

# *Fünf alte Damen*

Christel Wiegand

# Fünf alte Damen

… mit Kleinvieh und Kuh Alma …

Roman

Shaker Media

**Bibliografische Information der Deutschen Nationalbibliothek**
Die Deutsche Nationalbibliothek verzeichnet diese Publikation in der Deutschen Nationalbibliografie; detaillierte bibliografische Daten sind im Internet über http://dnb.d-nb.de abrufbar.

Cover- und Innenteilgestaltung: Tanja Steinmeyer, Shaker Media GmbH


Printed in Germany.

ISBN 978-3-95631-761-3

Shaker Media GmbH • Am Langen Graben 15a • 52353 Düren
Telefon: 02421 / 99 0 11 - 40 • Telefax: 02421 / 99 0 11 - 49
Internet: www.shaker-media.de • E-Mail: info@shaker-media.de

... gründen die Pension

*„Alte Gnade“*

## Das Testament

*Spätwinter*

Sie musste sich entscheiden: Bleiben oder gehen. Es gab nur diese zwei Möglichkeiten!

Bleiben bedeutete, dass sie eine Arbeit finden musste.

Aber sie fand keine.

Gehen bedeutete, das Haus zu verkaufen.

Aber keiner wollte es haben.

Sie hatte dieses Haus von ihrer Großtante Charlotte geerbt und für den Übergang noch ein wenig Geld. Es war mal eine kleine Pension gewesen, für Saisonarbeiter aus Rumänien oder Polen und Arbeiter mit befristeten Verträgen, die aus Kroatien und Albanien kamen. Weil Tante Charlotte nicht viel Miete verlangte, war ihre Pension immer voll belegt gewesen. Zwar waren die Zimmer altmodisch, aber jedes hatte eine Dusche und ein eigenes WC. Außerdem gab es auf jeder Etage einen Gemeinschaftsraum, in dem sich die Männer etwas kochen konnten. Doch irgendwann hatte es in der Umgebung keine Billigjobs mehr gegeben und die ausländischen Arbeiter waren weggeblieben. Nur da Tante Charlotte zeitlebens immer sparsam gelebt hatte, konnte sie bis zuletzt finanziell sorglos leben.

In ihr Testament hatte sie Sybille geschrieben: *„Vielleicht kannst du etwas Zeitgemäßes mit dem Haus machen. Bei mir waren es die Saisonarbeiter, aber in deiner Generation gibt es sicher auch Suchende nach einer Wohnstatt auf Zeit."*

Sybille, vierunddreißig Jahre, alleinstehend, hatte Kunstgeschichte in Hamburg studiert und nach dem Diplom in Aachen als Museumspädagogin gearbeitet – bis ihre Stelle wegrationalisiert wurde. Und da alle Museen sparen mussten, blieb sie weiterhin arbeitslos. Dann war dieses Erbe gekommen. Dieses Haus am Rande eines Dorfes mitten im Schwarzwald.

Tiefe Provinz.

Allertiefste Provinz!

Zunächst hatte Sybille überlegt, eine Frühstückspension zu eröffnen, nach englischem Vorbild. Doch es kamen keine Gäste.

Danach plante sie eine Herberge für Wanderer mit Selbstverköstigung. Aber die Gegend lag abseits der bekannten Wanderrouten und Sehenswürdigkeiten, so dass erneut die Gäste ausblieben.

Dann hatte sie die Idee, hier Wochenend- und Ferienseminare für Museumspädagogik anzubieten. Schließlich hatte sie ja Kunstgeschichte studiert. Aber wer besuchte schon Kunstseminare, wenn da weit und breit keine Museen waren?

Auch ein Künstler, der als eine Art Geheimtipp Interessierte in die Pension hätte locken können, gab es in dem nahe gelegenen Dorf nicht – dafür aber in Sichtweite des Grundstückes einen Öko-Hof mit mehreren Misthaufen und dem dazu gehörenden Geruch. Je nachdem, wie der Wind stand, konnte man den Mist riechen. Eigentlich nicht sooo arg, wie Sybille fand, aber hin und wieder eben doch.

Ihr letzter Entwurf war dann ein kleines Lokal für Veganer. Das entsprach schließlich voll dem Zeitgeist! Veganer müssten ja die Natur hier herum schätzen, hatte sie dem von der Bank erklärt. „Die Natur schon", sagte der von der Bank, aber keine ländliche Gegend, in der nichts los ist." Und zudem käme ein Umbau viel zu teuer!

Jetzt gingen ihr die Ideen aus, und bald wäre es auch mit dem Geld so weit.

Also verkaufen? Doch bis jetzt hatte keiner das Haus haben wollen. Obwohl ein großer, fast parkähnlicher Garten das Anwesen umschloss und sich nördlich sogar ein kleineres Waldgebiet erstreckte. Aber da war halt dieser Öko-Hof. Seine Äcker und Wiesen verliefen westlich und etwas südlich ihres Anwesens – im Winter mit freilaufenden Galloway-Rindern, im Frühling, Sommer und Herbst auch mit freilaufenden Hühnern, und zur Krönung ganzjährig mit freilaufenden Schweinen.

Schließlich kamen die Misthaufen nicht von irgendwoher.

Für die Leute im Dorf war ihr Anwesen einfach zu groß und zu teuer, für Leute von auswärts war die Gegend wohl zu weit im Abseits.

Das Ganze sah nicht gut aus. Nein, überhaupt nicht!

Irgendetwas musste geschehen.

Sybille gab dem Schicksal noch Zeit bis Ostern.

## Lina

*Frühjahr*

Rund um Linas Haus standen Vogelhäuschen und Vogeltränken auf Pfählen, von unten durch Stacheldraht vor dem Zugriff jagdhungriger Katzen geschützt. An Büschen und Bäumen hingen unzählige Meisenringe und -knödel, Futterketten, Erdnuss- und andere Futterspender, gefüllt mit Äpfeln für die Amseln.

Obwohl der Frühling dem Kalender nach schon begonnen hatte, war doch noch recht viel los an den Futterstellen. Unruhige Meisen vertrieben Spatzen, die schreckhaft in ganzen Scharen wegflogen, wenn auch nur bis zum nächsten Baum. Die Buchfinken und Grünlinge ließen sich nicht so leicht vertreiben, auch nicht das Amselpärchen, das etwas abseits vom großen Getriebe saß und einfach nur zuschaute.

Der Tisch war für alle immer noch reichlich gedeckt, insbesondere für Linas Lieblinge, die Dompfaffen. Sie schienen heute Morgen schon gefrühstückt zu haben und blieben wie orange-rote Farbtupfer überall auf den Bäumen sitzen.

„So, das ist das letzte Futter nach diesem Winter. Es gibt nun wieder genug in der Natur für euch", sagte Lina und verteilte großzügig die letzten Körner.

Vögel zu füttern und zu beobachten war Linas großes Hobby. Seit fast zwanzig Jahren kamen die Vögel schon Winter für Winter. Ganze Generationen überwinterten bei ihr. Sie kannten Lina und hatten keine Scheu vor ihr. Einige Meisen pickten sogar Körner aus ihrer Hand, und manchmal hüpfte eine ganz mutige auf ihre Schulter. Nur ganz kurz, aber immerhin.

Die Vögel verließen sich auf Lina. Und ahnten nichts von einem bevorstehenden Abschied. „Nächstes Jahr müsst ihr mich suchen. Aber ihr werdet mich finden. Ich sorge schon dafür."

Lina ging wieder zurück ins Haus. Es war immer noch sehr kalt und windig. Von drinnen schaute sie noch eine Weile ihren Vögeln zu. Dann zog sie sich warm an, nahm sicherheitshalber ihren Stock und lief los. Seit sie im letzten Jahr achtundsiebzig geworden war, brauchte sie manchmal diese Gehhilfe.

Zuerst ging sie durchs Dorf. Das dauerte einige Zeit – nicht, weil das Dorf so groß war, sondern weil Lina jeden kannte, der ihr begegnete, und mit den meisten gern ein Schwätzchen hielt. Hinter dem Dorf überquerte sie die Landstraße, lief einen schmalen Grasstreifen entlang und gelangte schließlich an eine breit geteerte Auffahrt. Kurz hielt sie inne und schaute auf das Anwesen vor ihr. Charlottes Pension. Das große Eisentor von früher, fast zwei Meter hoch und geschmiedet, das gab es schon lange nicht mehr.

Sie ging einige Schritte hinein auf das Grundstück, blieb dann stehen und schaute sich erneut um. Sie kannte sich hier aus. Als Kind hatten sie und ihre Freundinnen Mutproben angestellt, um über jenes Eisentor zu klettern, an das Haus zu schleichen und in die Fenster der Gäste zu schauen. Das kleine Wäldchen hinter der Pension war ein Lieblingsspielplatz für die Buben des Dorfes gewesen, in einer Zeit, als es noch Spiele wie *Räuber und Gendarm* oder *Siedler und Indianer* gab.

Das war lange her, und dann war Charlotte gestorben. Irgendeine Verwandte hatte alles geerbt, Lina hatte sie nie kennen gelernt. Aber sie wusste alles über sie, vielmehr all das, was der Dorftratsch über sie hergab. Sie sollte eine Studierte sein, allein lebend, keine Kinder. Was genau sie arbeitete und von was sie lebte, wusste keiner.

Lina lief die Auffahrt hinauf. Sauber gepflegt lag das Anwesen vor ihr. Büsche, an denen die Blütenknospen bald aufbrechen würden, säumten den kleinen Vorbau um die Haustür. Die Fenster blitzten sauber, die Vorhänge dahinter waren blütenweiß, auf den leeren Blumenkästen lagen noch winterliche Tannenzweiggestecke und der Fußabtreter war sauber. Ja, auf so etwas achtete Lina, denn Fenster, Vorhänge und Fußabtreter, die sagten etwas aus!

Sie drückte die Klingel und lauschte dem Klang der Türglocke. Es waren angenehme, tiefe Gongtöne. Die Tür wurde von innen aufgeschlossen. Eine junge Frau öffnete. Sie wirkte überrascht.

„Sie haben doch Zimmer zu vermieten! Ich bin die Lina. Und ich würde gerne zwei davon als Dauermieterin nehmen!"

Es war genau zwei Wochen vor Ostern.

## Zwei Zimmer, fünf Sitzbänke und ein Vertrag

*Frühling*

Fünf Wochen wohnte Lina nun in der Pension.

Sybille war von ihr total überrumpelt worden. Sie hatte die alte Frau mit dem schwarzen Gehstock höflich ins Haus gebeten und sich mit ihr in die Küche gesetzt – nur in die Küche, weil im ganzen Haus nur noch das Schlafzimmer geheizt war, um Kosten zu sparen. Und in dieser Küche, Gott sei Dank war sie gerade aufgeräumt, bekam Sybille dann erklärt, wie sich diese Lina das Dauerwohnen in der Pension vorstellte.

„Ich bin achtundsiebzig, Witwe seit vier Jahren, und ich wohne allein in meinem Haus. Meine Tochter lebt in Freiburg und mein Sohn mit seiner Familie in Heidelberg. Ich bin gesund, den Stock brauche ich nur wegen meiner Hüfte. Aber mein Haus wird mir zu groß, die Gartenarbeit zu schwer und das Grundstück um das Haus kann ich auch nicht mehr instand halten. Zu den Kindern will ich nicht ziehen, ich bin hier verwurzelt. Und fürs Altersheim bin ich noch zu jung. Da habe ich mir gedacht, Sie suchen ja noch immer nach etwas, wie Sie mit Ihrem Haus Geld verdienen können."

Sybille hatte genickt. An Linas direkte Art würde sie sich noch gewöhnen müssen!

„Also, ich habe mir das so vorgestellt: Ich miete mir zwei nebeneinanderliegende Zimmer bei Ihnen. Da will ich eine Zwischentür einbauen lassen. Das eine Zimmer, das größere, möchte ich gerne zu einer Wohnküche umbauen. Ich bezahle natürlich die Handwerker. Das andere Zimmer wäre dann das Schlafzimmer. Ich kann Ihnen eine gute Miete bezahlen. Ich habe eine ordentliche Witwenrente, und mein eigenes Haus werde ich vermieten. Da kommt dann regelmäßig Geld rein. Wenn ich später einmal alt bin und nicht mehr aus dem Bett komme, dann gehe ich ins Altersheim."

*„Wenn ich einmal alt bin",* hatte Sybille gedacht. „Was ist man denn mit achtundsiebzig?" Diesen Gedanken behielt sie aber für sich.

„Ach ja", hatte Lina dann noch hinzugefügt. „Ich weiß auch, welche zwei Zimmer ich mir wünsche!"

„Sie kennen sich hier aus?"

„Ja natürlich, ich kannte Ihre Tante. Wir haben uns oft unterhalten. Kann ich Ihnen die Zimmer zeigen?"

Eigentlich hatte Sybille noch nicht ja gesagt, eigentlich noch nicht einmal darüber nachgedacht. Sie kam ja auch gar nicht dazu. So hatte sie nur gesagt:

„Dann zeigen Sie mir mal die zwei Zimmer, die Sie sich vorstellen. Aber ich muss erst noch über das alles hier nachdenken."

„Nur keine Sorgen! Ich habe lange genug darüber nachgedacht. Es ist machbar. Und mit mir wird es schon gut gehen. Ich schwätz' zwar viel und schnell, aber ansonsten bin ich friedlich. Wir schließen einen richtigen Vertrag ab, so mit Rechtsanwalt und allem Drum und Dran. Und wie gesagt, wenn ich nicht mehr selbständig leben kann, dann gehe ich ins Altersheim. Ich werde Ihnen nicht zur Last fallen."

Die beiden Zimmer, die sie sich wünschte, waren im Erdgeschoss und gingen Richtung Nord-Westen.

„In diesen Räumen kann es aber zu Geruchsbelästigungen kommen. Der Öko-Bauer dort drüben hat freilaufende Schweine."

„Ich weiß. Aber das macht mir nichts aus. Ich bin schließlich auf dem Dorf groß geworden. Zudem liebe ich Tiere, und der Öko hält sie gut."

Sybille wusste, mit dem Öko war einer der beiden Landwirte vom Öko-Hof in ihrer Nachbarschaft gemeint. Kennen gelernt hatte sie die beiden nie. Brüder, der eine noch ledig, der andere geschieden. Im Dorf wurde der eine deshalb nur „der Öko" genannt, weil er ein paar „spinnerte" Ideen umsetzte: freilaufende Hühner, arteigene Muttersauenzucht und eine kleine Herde von Galloway-Rindern, die er dem Naturpark Schwarzwald für die Beweidung der steilen Abhänge vermietete.

Seinen Bruder nannten sie im Dorf nur den „Welschkornbauern" – durchaus kein freundlicher Name, im Gegenteil. Ihn mochten sie nicht. Er baute Energiemais an, das sah man hier überhaupt nicht gern. Früher hatte er sogar in Ortsnähe noch eine Biogasanlage errichten wollen. Aber Pflanzen baute man zum Essen oder zum Verfüttern an, nicht um daraus Strom herzustellen! Die Proteste im Dorf waren so groß gewesen, dass die vom Rathaus die Baugenehmigung zurückzogen. Seitdem betrat der Welschkornbauer das Dorf nicht mehr und lieferte den Mais in eine Biogasanlage etliche Kilometer entfernt.

Sybille und Lina besichtigten die beiden gewünschten Zimmer. Lina zeigte ihr, wie sie sich eine kleine Küchenzeile mit Herd und Spüle vorstellte. Wasseranschlüsse waren ja wegen der Dusche da, und Sybille stellte fest, dass alles, was Lina sagte, Hand und Fuß hatte und gut durchdacht war.

„Zwei, drei Tage möchte ich mir das Ganze aber schon noch durch den Kopf gehen lassen", hatte Sybille dennoch gesagt. „Ich rufe Sie dann an und teile Ihnen meine Entscheidung mit."

Lina hatte genickt und war gegangen.

War Lina die Antwort auf das Ultimatum, das Sybille dem Schicksal vor wenigen Tagen gestellt hatte?

Am dritten Tag sagte Sybille zu.

Der Rechtsanwalt setzte einen juristisch gut ausformulierten Mietvertrag auf. In dem wurde festgehalten, dass Linas Wohnsitz bei absehbarer Pflegebedürftigkeit nicht mehr in der Pension sein könne. Nur wenige Tage später kamen die von Lina beauftragten Handwerker. Sie vermaßen den Raum, der zur Wohnküche werden sollte.

„Doch, das lässt sich alles gut verwirklichen. Es ist ja überall ein Wasseranschluss", meinte der Installateur.

„Soll jetzt hier eine Senioren-WG eröffnet werden? Nicht schlecht!", sagte der Zimmermann.

Die Frage elektrisierte Sybille.

Einen Alterswohnsitz anbieten für Senioren, die körperlich noch selbständig sind, aber ihr Haus samt Grundstück nicht mehr versorgen können, wäre das etwas? Im Dorf gab es eine Ärztin, diesbezüglich wären die Senioren gut versorgt.

Der Gedanke war gut. Senioren gab es ja immer mehr. Warum es also nicht riskieren?

So zog Lina ein.

Sie richtete ihre beiden Zimmer mit eigenen Möbeln ein. Von der ursprünglichen Einrichtung, die doch ziemlich verwohnt war, übernahm sie nichts. Ihre eigenen, eigentlich auch schon altmodischen Möbel dagegen wirkten wohnlich und gemütlich. Der Fernseher stand im Schlafzimmer. „Da kann man schön die Beine hochlegen, denn für einen riesigen Fernsehsessel ist der Raum zu klein", erklärte sie.

In das geplante Koch-Ess-Wohnzimmer stellte sie einen unglaublich großen, ovalen Tisch. Wen um alles in der Welt wollte sie denn zukünftig daran setzen? Die Küchenzeile würde noch etwas warten müssen, ein bisschen aufs Geld achten musste auch Lina. Solange würden Sybille und sie sich die Küche teilen. Linas beiden Räume waren durch eine platzsparende Falttür verbunden.

Draußen war es Frühling geworden und der parkähnliche Garten zwischen Haus und Wald hatte zu blühen begonnen.

„Es wäre gut, wenn wir an den schönsten Plätzen eine oder zwei Sitzbänke aufstellen würden", sagte Lina.

Sybille nickte.

Es wurden fünf. Sie standen an wirklich sehr lauschigen Plätzen des Anwesens – und sonderbarerweise gleich zwei in Richtung Öko-Bauer.

## Die Schlachtung

*Später Frühling*

Die Hasen drückten sich aufgeregt in die hinterste Ecke ihrer Käfige. Etwas war anders an diesem Morgen. Alles war anders an diesem Morgen! Emma stand mit einem klobigen Hammer vor ihnen und schaute durch die dünnen Drahtgitter zu ihnen hinein.

Ob sie ihre geliebten Hasen aber auch wirklich sah?

Tränen rannen über ihr Gesicht, als sie die unterste Käfigtür öffnete, die zappelnde Häsin an den Ohren packte, herausriss und ihr mit Wucht auf den Hinterkopf schlug.

War das Tier auch sicher tot? Zappelte es noch?

Emma schlug nochmals zu, und nochmals, und nochmals. Jetzt zuckte das Tier wirklich nicht mehr.

Wimmernd öffnete Emma die nächste Stalltür. Dort drückte sich die große graue Häsin nicht nur an die Wand. Nein, sie duckte sich, so fest es ging, in das Stroh, als könne sie sich so unsichtbar machen. Die graue Häsin, sie war immer die Erste, die aus dem Stall hüpfte, wenn Emma ihn öffnete und ihre Hasen mittags im Gehege herumhoppeln ließ. Ob die graue Häsin spürte, dass sie nie mehr im Gras hoppeln, nie mehr die Sonne auf dem Fell spüren, nie mehr Karotten nagen oder Salatblätter und frisch geschnittenes Wiesengras mümmeln würde? Emmas alte Hände tasteten zur Stallrückwand, fassten nach den Ohren der Häsin, die diese fest am Kopf angelegt hatte, riss heftig daran, zog mit ihnen das Tier heraus und erschlug es.

Die Hellgraue im Käfig nebendran, sie war eine der Töchter der großen Grauen, saß zitternd im Stall, unfähig sich zu bewegen oder in eine der vielleicht schützenden Ecken zu flüchten. Sie wehrte sich nicht, als sie gefasst wurde, als sie vor ihrem Stall in der Luft noch einmal kurz zappelte und dann der Hammer auf ihren Kopf schlug, einmal, zweimal, dreimal.

Emma musste sich setzen. Auf dem Gartentisch lagen die getöteten Hasen. Emma saß vor ihnen und weinte. Sie war in diesem Jahr achtzig geworden. Das Gehen fiel ihr schwer, nicht nur, weil sie stark übergewichtig war, sondern auch, weil ihre rechte Hüfte unsagbar schmerzte. Seit zwei Jahren hatte sie die Operation hinausgezögert. Ihrer Hasen wegen.

Ihr Mann war vor zwei Jahren gestorben und hatte ihr die Tiere zurückgelassen. Es war sein Hobby gewesen, Hasen zu züchten. Im Verein war er Schriftführer gewesen, auf Ausstellungen hatten seine Hasen unzählige Preise gewonnen.

Und jedes Jahr gab es auch mehrmals Hasenbraten. Emma kochte gut und aß gerne. Das hatte damals auch alles seine Richtigkeit.

Nach dem Tod ihres Mannes übernahm sie die Tiere. Die Zuchttiere verschenkte sie an einige seiner Vereinsbrüder. Den ältesten Rammler wollte keiner. So hatte sie ihn behalten. Auch die anderen Tiere, die keiner wollte. Sechs kleine Hasen.

Sie hatte sie täglich gefüttert, Wasser in ihre Ställe gestellt, diese regelmäßig ausgemistet und die Tiere derweil in einem kleinen Hasengehege auf dem Boden herumhoppeln lassen.

Seit dieser Zeit gab es keinen Hasenbraten mehr.

Aber nächste Woche musste sie ins Krankenhaus. Die Hüftoperation ließ sich nicht mehr verschieben, danach kam noch eine Kur. Sie würde viele Wochen nicht zuhause sein. Und sie hatte niemanden gefunden, der ihre Hasen fütterte und auch regelmäßig die Käfige ausmistete. So hatte sie in der Tiefkühltruhe Platz geschaffen.

Als Lina um die Ecke kam, fand sie Emma weinend vor.

„Was ist passiert?“

Emma erzählte.

„Warum hast du mich nicht angerufen?“

„Hättest du meine Hasen versorgt? Du bist doch weggezogen, um nicht mehr so viel arbeiten zu müssen."

„Ja, es wurde mir zu viel, das große Haus und der Garten. Das ist eine Arbeit, die einfach nicht aufhört. Aber deine Hasen füttern? Das ist doch ein kurzes und vorübergehendes Geschäft. Diese kleinen Ställe ausmisten, das ist etwas, das man in einer Stunde fertig hat. Aber das Haus instand zu halten, das wurde mit den Jahren immer schwerer. Und erst recht der Garten, das hört doch auch nie auf. Das war es, was mir zu viel wurde."

Lina setzte sich unaufgefordert zu Emma an den Tisch. Sie betrachtete die drei noch lebenden Tiere: Die Weiße, ein Riesenkaninchen, eine in Deutschland gezüchtete, besonders große und schwere Kaninchenrasse, die sich ganz wegduckte und zitterte. Im Käfig nebendran Grauerle, auch ein Riesenkaninchen, mit einem wunderschönen blaugrauen Fell, und Hasi, ein rotbraunes zierliches Hasenkaninchen, bei dessen Anblick man glauben konnte, einem lebendig gewordenen Osterhasen gegenüberzustehen.

„Wie lange wirst du weg sein?"

„Vier Wochen mindestens, oder sogar fünf."

„Lass die drei Hasen leben, ich versorge dir die Tiere."

Emma sah auf, sah kurz zu Lina hinüber und brach dann in hemmungsloses Weinen aus. „Warum bist du nicht eine Stunde früher gekommen? Oder wenigstens eine halbe?"

## Neue Bewohner

*Frühsommer*

Es war schon fast Sommer geworden. In Sybilles Pension hatte sich einiges getan. Lina hatte sich nun auch eine kleine Küchenzeile einbauen lassen. Der Herd war mit einer Alterssicherung ausgestattet. Das war Linas Einfall gewesen. „Manchmal ist man abgelenkt, läuft weg, nur kurz, und dann vergisst man, dass etwas auf dem Herd steht. Es soll ja nichts passieren", hatte sie erklärt.

Die Kosten für die Küchenmöbel hatte Lina übernommen, die für den Elektriker Sybille. Finanziell konnte sie das inzwischen gut stemmen. Denn vor wenigen Tagen war Emma eingezogen. Emma war achtzig, und sie hatte drei Hasen mitgebracht.

„Hasen sind nur das, was man sagt", wurde Sybille belehrt. „Eigentlich sind es Kaninchen."

Und eigentlich hatte Lina die Hasen, die biologisch Kaninchen waren, schon vor Wochen angeschleppt. „Das sind die Hasen von Emma", hatte sie erklärt. „Ich habe Emma überredet, auch hier einzuziehen. Denn selbst wenn sie eine neue Hüfte hat, sollte sie nicht mehr in ihr Haus zurück. Dort hat sie Küche und Wohnzimmer im Erdgeschoss, aber Schlafzimmer, Bad und Toilette sind im oberen Stockwerk. Stell dir vor, jedes Mal ins Obergeschoss gehen, wenn man mal muss! Und die Treppe ist so eng und steil, da kann sie sich keinen Treppenlift einbauen. Ich habe ihr gesagt, dass ich mal mit dir im Krankenhaus vorbeikomme."

Sie duzten sich inzwischen, Lina und Sybille.

Dann war Lina mit der Schilderung ihrer ziemlich fortgeschrittenen Planung fortgefahren: „Man könnte doch hinten zum Garten hinaus an diese Hauswand eine Hasenvilla stellen. Das ist ein Stall, der schön aussieht und so praktisch ist, dass man gut an alle Käfige herankommt, ohne sich bücken zu müssen."

Planung einer Hasenvilla? Sybille hatte das etwas unpassend gefunden. Denn auch Sybille steckte mitten in einer Planung: einer Seniorenresidenz. Seniorenresidenz!

Gepflegtes Ambiente, Nachmittagstee in passender Kleidung, Vorträge, Bridge, am Wochenende Klavierkonzerte und mittwochs vielleicht ein kleines Tanzkränzchen. Und auf der Wiese Yoga und Tai-Chi.

Wie passte ein Hasenstall dazu? Auch wenn Hasen eigentlich Kaninchen waren.

Linas Planung schien allerdings schon ausgefeilter als Sybilles. Also hatte sie Linas Überzeugungskraft vorübergehend nachgegeben und mit ihr gemeinsam Emma unverbindlich im Krankenhaus besucht. Denn zuerst wollte sie Emma natürlich kennen lernen, darauf bestand sie, dann wollte sie in Ruhe überlegen und erst dann entscheiden!

Das Erste, was sie von Emma gesehen hatte, war, dass sie recht korpulent war. Das hatte ihre Hüftoperation auch erheblich erschwert und würde die anschließende Kur auch noch mal verlängern. Aber sie stand schon wieder auf eigenen Beinen, noch vor der Kur.

Das Zweite, was Sybille sah, und im Grunde weniger sah, als spürte: Emma war mit einem zutiefst lieben und herzlichen Gemüt ausgestattet. Sybille stimmte ihrem Einzug sofort zu.

„Ich mache auch so einen Vertrag, in dem ich unterschreibe, dass ich, falls ich einmal bettlägerig und ein Pflegefall werde, in ein Pflegeheim gehe!“, hatte sie Sybille sofort versichert. Lina und Sybille hatten dann den alten Hasenstall bei Emma abgebaut und provisorisch an der rückwärtigen, windgeschützten Hauswand der Pension aufgestellt. Später wollte Emma den Schreiner aus dem Dorf bitten, etwas Schönes für die Hasen zu bauen. So, dass sie sich beim Füttern und Stallausmisten nicht bücken musste. Und dazu wollte sie einen transportablen Zaun für die Wiese, damit die Tiere oft aus ihrem Stall könnten.

Bis Emma einzog, versorgte Lina hingebungsvoll die drei Hasen. Emma wiederum hatte einer angeratenen Verlängerung ihrer Kur nicht zugestimmt. Sie wollte endlich wieder zu ihren Hasen. Ihr Haus würde ihr Neffe mit seiner Familie und den Kindern übernehmen. Aber nur zur Miete. Noch nicht vererbt.

„Man weiß nie. Schon gar nicht bei der Verwandtschaft“, hatte sie erklärt.

Auch Emma ließ sich zwei Räume in der Pension durch eine Tür verbinden und eine Miniküche einbauen. Und sie wollte einen Herd mit Backofen. „Ich koche halt immer noch gerne!“, sagte sie etwas verlegen. Ihre – volle – Tiefkühltruhe stellte sie in Sybilles Keller.

Am ersten Abend ihres Einzugs gab es Hasenbraten. Für alle. Ohne Tränen.

Drei Hasen hatten ja überlebt!

Ach, und in zwei Wochen würde Hilde einziehen.

Hilde mit Huhn Berta.

## Hilde und Huhn Berta

*Sommer*

Hilde hatte sich ein Einzelzimmer im zweiten Stock ausgesucht, das kam sie billiger. Sie wollte auch keine Miniküchenzeile, sondern nur zwei Kochplatten und einen Minikühlschrank. Sie erklärte: „Ich habe mein Leben lang gekocht, hauptsächlich für andere, ich will das nicht mehr. Der Kaffee kommt aus der Maschine, das Mittagessen bringen mir abwechselnd der Metzger oder der Engel-Wirt aus dem Dorf. Und das Vesper am Abend hole ich aus dem Kühlschrank."

Bett, Schrank und Kommode, auf der Kommode die Kochplatten, die Kaffeemaschine und ein uralter Brotbehälter, daneben der Kühlschrank, vor dem Fenster ein kleiner Tisch mit drei Stühlen. Den restlichen freien Platz an den Wänden hatte Hilde mit einem Regal versehen, darin der Fernseher, ein Radio, Bücher und Fotoalben. Später würden noch Bilder an die Wand kommen.

„Eine spartanische Einrichtung haben Sie sich zusammengestellt", sagte Sybille zu ihr.

„Ach was, im Altersheim ist auch nicht mehr Platz, und da muss es ja auch reichen. Man braucht auch nicht mehr so viel im Alter."

Hilde war gerade zweiundachtzig geworden. Sie war schlank, ihr Gesicht ein wenig eingefallen. Sie hatte im letzten Sommer eine Brustkrebsoperation hinter sich gebracht und ihr Körper war noch geschwächt.

Wenn sie sprach, war sie sehr freundlich, aber sie lächelte kaum. Sybille überlegte, ob sie schon immer so gewesen oder erst durch Krankheit und Alter so geworden war.

Ihr Haus hatte Hilde ihrem Sohn nur vermietet. Interessant! Also auch nur vermietet und nicht gleich vererbt. „Diese Frauen auf dem Land sind doch sehr vernünftig", dachte Sybille.

Der Sohn erwarte sein drittes Kind, erzählte Hilde, er sei froh um diese Lösung. Er dürfe das Haus so umbauen, wie er es wolle, aber die Miete müsse regelmäßig überwiesen werden.

Als Hilde einzog, regnete es in Strömen. Lina holte sie mit dem Auto. Gleich, als der Wagen zur Rückseite des Hauses gefahren war, lief Sybille zu den Ankömmlingen. Hilde saß auf der Rückbank, auf ihrem Schoß hockte Huhn Berta.

Ja, Huhn Berta saß im Auto auf Hildes Schoß. Nicht in einer Kiste oder einem Karton, nein, einfach nur auf Hildes Schoß.

Es hatte sich tief in ihren Rock geduckt. Hilde beruhigte es immer wieder mit leisen glucksenden Tönen, ganz so, wie eine Mutterhenne ihre Küken beruhigt.

Noch hatte Huhn Berta einen eigenen Stall. Deshalb hatte Emma zwei ihrer Hasen zusammengesetzt und den Käfig vorübergehend für Hildes Huhn gerichtet.

Hilde stieg aus, das Huhn fest in ihren Armen, und lief gleich zum Hasenstall. Dabei redete sie beruhigend auf das Tier ein und zeigte ihm den leeren Platz in der untersten Reihe. Das Tier verstand sofort.

Hilde hatte Tränen in den Augen, als sie sah, wie Huhn Berta langsam, ja würdevoll auf den Hasenstall zuging und hineinhüpfte. Im Stall setzte sie sich aber gleich weit nach hinten an die Rückwand, so, als wolle sie sich unsichtbar machen.

„Du bist schon ein armes gestörtes Ding, aber gescheit bist du geblieben, das muss man dir lassen!", sagte Hilde zu dem Tier.

Die Käfigtür sollte untertags offen bleiben, damit Berta rein- und raushüpfen konnte, wie sie wollte. Abends aber würde die Tür geschlossen werden. Huhn Berta bekam neben dem Stück Wiese für Emmas Hasen einen kleinen Platz, bis sie ihren eigenen kleinen Stall mit Auslauf haben würde.

Sybille hatte erstaunt wahrgenommen, wie das etwas über einen halben Meter hohe Tier nicht trippelte, wie ein Huhn das so tut, sondern sich geradezu anmutig schreitend bewegte.

Hilde bemerkte es. Sie lächelte. „Du staunst sicher darüber, wie Huhn Berta läuft. Sie ist ein rassereines Brahmahuhn, die laufen so."

Sybille wusste nichts über Brahmahühner oder darüber, dass Hennen so groß werden konnten. Die weißen freilaufenden Legehennen ihres Öko-Nachbarn waren höchstens vierzig Zentimeter hoch. Und wenn sie sich vorwärtsbewegten, machte dieses Trippeln überhaupt keinen majestätischen Eindruck.

Huhn Bertas rebhuhnfarbenes Federkleid sah aus, als sei es zwischendurch mit schwarzen Bändern durchsetzt. Das Ungewöhnlichste an ihr aber war – und das Stadtkind Sybille hatte so etwas noch nie gesehen, und wer guckt sich im Zoo schon Hühner genauer an? –, das Ungewöhnlichste jedenfalls war, dass Bertas Läufe bis über die Zehen dicht befiedert waren. Irgendwie erinnerte Huhn Berta an einen Adler. Auch ihre Kopfform ähnelt einem Adler. Ihre Augen waren leuchtend orangerot, und fast sah es so aus, als hätte sie sich um ihre Augen einen perfekten Mascara-Lidstrich gezogen.

Wenn ein Huhn schön sein konnte, dann Huhn Berta!

## Die Geschichte von Huhn Berta

Im Frühling vor drei Jahren hatte Hilde für ihre letzte Glucke sechs Bruteier geschenkt bekommen. Es sollten Eier von sogenannten Legehühnern sein, weiße freundliche Hühner, die unglaublich viele Eier im Jahr legen. Nacheinander schlüpften weiße Federbällchen, das letzte war braun. Es war eindeutig ein Brahmahuhn. Wohl aus Versehen war das Ei einer Brahmahenne zwischen die anderen Eier geraten.

Hilde informierte sich. Tiere dieser Rasse waren größer, legten nicht so viele Eier wie die Legehuhn-Rasse, waren aber dafür gute Fleischlieferanten. Sie hatten einen ruhigen Charakter, wurden schnell zutraulich und hatten einen ausgeprägten Brutsinn. Sie konnten bis zu acht Jahre alt werden. Hilde nannte das Huhn Berta.

Ein Jahr später machte Hilde vom Küchenfenster aus eine Beobachtung. Über dem Hof kreiste ein Habicht. Droben auf der Wiese waren die Hühner unterwegs. Huhn Berta, das inzwischen alle weißen Hühner überragende Brahmahuhn, reckte sich, machte einen langen Hals, schlug mit den Flügeln und gab einen Ton von sich, den Hilde noch nie gehört hatte. Er glich fast einem etwas ungeschickten Hahnenkrähen. Blitzartig drehte sich oben auf der Wiese die gesamte Hühnerschar um und rannte Schutz suchend unter den großen Holunderbusch in der Nähe des Hühnerstalls. Auch Huhn Berta floh dorthin. Der Habicht gab einen pfeifenden Schrei von sich und flog weg.

Hatte Huhn Berta die anderen Hühner vor dem Habicht gewarnt?

An diesem Mittag hatte Hilde dieses Verhalten zum ersten Mal gesehen. Vielleicht war es Zufall, sagte sie sich. Aber einige Tage später beobachte sie das gleiche Schauspiel: Der Habicht zog seine Kreise, Berta entdeckte ihn, stieß den eigenartigen krähenden Ruf aus, und die kleine Hühnerschar brachte sich außer Gefahr.

Eigentlich warnte ein Hahn so seine Hühner. Imitierte Huhn Herta da etwa dessen Imponiergehabe?

Das Verhalten verlor sich auch über den Winter nicht und zeigte sich wieder im Folgejahr. Genau in diesem Frühjahr bekam Hilde von ihrem Schwager aus dem Nachbardorf einen Hahn geschenkt. Einen Riesenbrahma. Handaufzucht! Hahn Christoph.

Schwarzgefiederte Brust, blaue Schwanzfedern, rot und orange gefiederter Rücken, schwarzbefiederte Läufe, auch die Mittelfußzehe – Hahn Christoph war also reinrassig.

Reinrassig und fünfundachtzig Zentimeter hoch.

In herausfordernder Haltung betrat er die Hühnerwiese. Mit kühnem Blick aus seinen orangenfarbenen Augen maß er seine zukünftige Hühnerschar.

Dann entdeckte er Huhn Berta.

Berta, die Mutige, die Gescheite, die Beschützerin ihrer Geschwister, sah zum ersten Mal einen Hahn. Sie reckte ihren Hals, wedelte mit ihren rebhuhnfarbenen Flügeln – und warnte mit glucksenden Lauten ihre Geschwister vor dem Feind.

Hahn Christoph stoppte einen Augenblick, erkannte in Huhn Berta augenblicklich einen Konkurrenten, raste auf sie zu, sprang ihr auf den Rücken und begann sie minutenlang zu attackieren.

Huhn Berta duckte sich ins Gras. Die Krallen des Hahns drangen durch ihre Flügel und bohrten sich tief in ihr Fleisch. Obwohl die hackenden Hiebe seines Schnabels am Hals und auf dem Kopf sehr schmerzen mussten, gab sie keinen Ton von sich.

Die anderen Hühner waren in gehörigem Abstand stehen geblieben. Als sie später von Hahn Christoph bestiegen wurden, duckten sie sich, gackerten und rannten danach weg. Aber nicht weit. Sie hatten ja nichts zu befürchten.

Huhn Berta verlor auf dramatische Weise ihre Vorrangstellung. Und mit diesem Tag begann ihr Martyrium. Die Hackordnung des Hühnerhofes versetzte sie gnadenlos in den untersten Rang.

Wenn sie den Hühnerstall betrat, wurde sie gepickt und bekam keinen Sitz mehr auf der Stange. Wenn das Futter ausgestreut wurde, durfte sie erst dazukommen, wenn die anderen fertig waren. Von der Hühnerwiese wurde sie immer wieder weggescheucht. Und wenn sie versehentlich in die Nähe von Hahn Christoph kam, biss er ihr Federn aus dem Rücken, bis sie blutete.

Bald begann Huhn Berta die Hühnerschar zu meiden und duckte sich im Freien unter den Holunderbusch, unter den sie früher ihre Geschwister gelockt hatte, wenn oben der Habicht kreiste.

Hilde begann einzugreifen. Sie zog Huhn Berta einen Tretschutz über, aber trotzdem wurden ihre Flügel immer wieder bis aufs Blut aufgepickt. Dann gab sie dem Huhn einen eigenen Auslauf. Bis sie bemerkte, dass Hahn Christoph den Zaun überflog und Huhn Berta auch dort attackierte. Hilde schützte nun das Gehege mit einem höheren Drahtzaun. Dann kaufte sie einen kleinen Hühnerstall eigens für Huhn Berta und stellte ihn neben einen Baumstamm.

Nachbarn beobachteten natürlich alles und gaben wie allgemein üblich gerne ihre guten Ratschläge:

„Du tust doch dem armen Tier nichts Gutes, wenn du es so alleine dahinvegetieren lässt."

„Brahmas sind gute Fleischhühner, und eine Hühnersuppe ist sehr gesund."

Aber Hilde blieb standhaft. „Nein, Huhn Berta ist ein besonderes Huhn. Sie wird nicht geschlachtet und aufgegessen. Dann schon eher der Hahn!"

Keiner konnte Hildes Zuneigung zu diesem Huhn verstehen.

In diesem Frühling hatte Hilde nochmals ihre Glucke brüten lassen und die Küken – diesmal wirklich lauter schneeweiße Legehuhn Küken – waren geschlüpft. Als sie auf die Wiese durften, war Huhn Berta in ihrem kleinen Gehege ganz aufgeregt. Immer wieder schaute sie hinauf zu den anderen.

Zwei Tage später sah Huhn Berta den Habicht.

Aber Hahn Christoph bemerkte den Habicht nicht. Er hatte seine Hühnerschar kurz verlassen und pickte am Waldrand nach Würmern.

Huhn Berta warnte, aber vergeblich. Keines von diesen dummen Hühnern hörte noch auf sie.

So musste sie zuschauen, wie der Habicht alle Küken holte. Alle Küken und die Glucke, die zugegeben noch heldenhaft versucht hatte, ihre Kleinen zu schützen.

Hilde ärgerte sich. „Ich sollte wirklich dich aufessen und nicht die Henne!", schimpfte sie mit Hahn Christoph.

Einige Zeit später wurde Hahn Christoph auch gegen Hilde immer rabiater. Es begann damit, dass er morgens, wenn sie das Hühnergehege betrat, die Hühner lockte und fütterte, heftig flatternd auf sie zustürmte und sie picken wollte. Anfangs genügte es, wenn sie einen Schritt auf ihn zumachte und ihn laut schimpfend zurücktrieb. Später wurde er immer aggressiver, und er wich nicht mehr zurück. Hilde konnte bald auch kaum noch über die Hühnerwiese gehen. Zuletzt versuchte Hahn Christoph ihr sogar den Zutritt zum Hühnerstall zu versperren, wenn sie Eier einsammeln wollte. Nur noch mit einem Besen bewaffnet gelang es ihr, sich vor seinen Angriffen zu schützen.

Es war ganz offensichtlich: Nachdem er Huhn Berta in der Rangordnung nach unten gehackt hatte, wollte Hahn Christoph jetzt auch Hilde unterwerfen. Er war eine Handaufzucht und behandelte die Menschen deshalb wie seine Artgenossen. Jetzt sah er in Hilde einen Konkurrenten.

Brahmahähne waren, wie Hilde wusste, eigentlich ganz friedliche Tiere mit ruhigem Wesen und ausgeglichenem Charakter. Aber Christoph war irgendwie völlig aus der Art geschlagen.

Es kam ein Sonntag im November, der Volkstrauertag.

Für die Jahreszeit war das Wetter noch einmal wunderschön. Hahn Christoph war von der Hühnerwiese weggelaufen, diesmal vor Hildes Bauernhaus, durch den Vorgarten nach vorne auf die Straße.

Heute sollte auch die Straße ihm gehören.

Vom Tal herauf kamen Motorradfahrer. In voller Montur, mit schwarzen Sturzhelmen und aufgedrehten Motoren, die letzte Fahrt des Jahres auskostend. Hahn Christoph schwoll der Kamm. Kampfeslustig stellte er sich ihnen entgegen. Schließlich war auch diese Straße sein Hühnerhof!

Der erste Motorradfahrer konnte gerade noch ausweichen, der zweite und der dritte nicht mehr.

„Für mich ist heute ganz gewiss kein Trauertag!“, sagte Hilde, als sie den Kadaver aufhob.

Die Motorradfahrer boten ihr Geld an.

„Nein, nein, macht euch keine Gedanken. Fahrt weiter. Aber passt auf euch auf, rast nicht so, nächstes Jahr wollt ihr schließlich wieder unterwegs sein.“

Resolut packte Hilde Hahn Christoph an den Füßen und lief hinüber zu Bertas Gehege. „Schau ihn dir an. Der tut dir nichts mehr!“

Huhn Berta schaute ihn sich an.

Hahn Christophs kleiner Kopf baumelte leblos von seinem Körper herab. Ein bisschen Blut tropfte aus seinem kurzen, unbarmherzigen Schnabel. Die tödlichen Verletzungen lagen innerlich, deshalb sah er immer noch ungemein eindrucksvoll aus.

Berta wandte sich ab.

Am Abend wollte Hilde Huhn Berta wieder zurück in den großen Stall zu den restlichen drei Hühnern lassen. Aber Huhn Berta wehrte sich dagegen. Hilde ließ dem Huhn seinen Willen.

In den nächsten Tagen gab es gefüllten Hahn ohne die Keulen, eine in Butter gebratene Hähnchenkeule, etwas zäh, Hühnerragout zu Reis aus dem zweiten Schlegel und gebratene Hähnchenleber mit Speck aufs Brot.

Selten hatte Hilde in letzter Zeit mit so viel Freude gekocht.

Der Winter kam, und Huhn Berta wollte immer noch nicht zu ihren Geschwistern in den Hühnerstall.

Hilde gab nach. „Jetzt übertreibst du es aber wirklich!", mischten sich die Nachbarn später ein. Eine extra Brutlampe in Bertas Stall!"

„Im Winter ist es zu kalt. Ihr Stall ist ja von allen Seiten her frei."

Vermutlich war es ein Fuchs, der in einer frostigen Nacht den Holzkeil vor der Hühnerstalltür weggedrückt bekam und die letzten Hühner holte.

„So, das war's dann also mit euch!", schimpfte Hilde vor sich hin, als sie die blutverschmierten Federn zusammenfegte. „Berta hat vermutlich geahnt, dass der Holzkeil die Tür nicht mehr richtig zuhält. Sie ist jetzt die einzige Überlebende. Ihr dummen, undankbaren Viecher. Ich hätte euch alle aufessen sollen wie den zähen Christoph!"

Am anderen Tag redete Hilde eindringlich mit Huhn Berta. Sie erklärte ihr, dass an die Hühnerstalltür ein stabiler Riegel gekommen sei. Huhn Berta antwortete ihr mit einem ganz, ganz leisen Glucken.

Danach war sie wieder zurück in den alten Stall gezogen.

Und jetzt in die Senioren-WG.

## Man lebt sich ein

*Sommer*

Sybille stand in ihrer Wohnung und schaute gedankenverloren aus dem Fenster. Im Frühjahr hatte sie dem Schicksal ein Ultimatum gestellt: Bleiben oder gehen. Kurz vor Ostern war die Entscheidung gefallen: Bleiben!

Kein Hausverkauf! Keine Jobsuche!

Stattdessen eine neue Lebensaufgabe!

Inzwischen hatte sie drei Dauermieterinnen. Drei alte Damen um die achtzig, nur zur Miete, und dennoch veränderten die drei das äußere Erscheinungsbild der Pension immer mehr.

Lina hatte für den Bereich bei den Tierställen einen Gartentisch, eine Sitzbank und mehrere Gartenstühle spendiert. Der Platz war inzwischen einer der beliebtesten Orte auf dem Gelände der Pension geworden. Vor allem Hilde und Emma saßen dort. Sie brauchten den täglichen Plausch mit ihren Tieren.

Es war die Idee des Schreiners gewesen, statt schwerer Holzzäune für das Hasengehege leichte Teichzäune aus Metall zu verwenden. Sie ließen sich ohne große Kraftanstrengung auf dem Gelände umstecken. Huhn Berta hatte vorübergehend ihren alten kleinen Stall aus Hildes Haus bekommen, doch den Auslauf teilte sie inzwischen mit Emmas Hasen.

Huhn Berta wurde langsam wieder ein geselliges Tier.

Emma hatte einen Sonnenschirm aus ihrem Haus geholt, einer, dessen Stange mit ein paar kräftigen Schlägen in die Erde versenkt werden konnte. So hatten die Tiere auch ihre Schattenflächen.

Hilde hatte sich von einem Bekannten Linas auf der Rückseite der Pension fünf Hochbeete aufbauen lassen. Kopfsalat, Schnittsalat, Radieschen, Minitomaten, Buschbohnen, Schnittlauch, Petersilie und wer weiß, was noch, gediehen darin aufs Prächtigste. Und dann Emma! Seit sie in der Pension lebte, stand Sybilles Haus in Blüte. Auf allen Seiten standen und hingen Geranien vor den Fenstern, selbstverständlich die passenden für jede Himmelsrichtung mit ihren verschiedenen Lichtverhältnissen.

Und jede der drei Damen prägte auch auf ihre Art das Pensionsleben.

Lina zum Beispiel hatte mit dem gemeinsamen Frühstück in der ehemaligen kleinen Pensionsküche angefangen. Natürlich machte nur mit, wer wollte. Und jede richtete sich ihr Frühstück auch selbst, so wie sie es gerne hatte – fast ein bisschen wie in einer Studenten-WG. Immer häufiger gesellte sich auch Sybille dazu und lauschte fasziniert der Unterhaltung zwischen den alten Damen.

Es gab ja auch jeden Tag viel zu bereden und auszutauschen.

Lina als Frühaufsteherin war meistens schon im Dorf, beim Bäcker, Metzger oder im Dorfladen gewesen und brachte Neuigkeiten mit. Und diese Neuigkeiten mussten natürlich nachbereitet werden. Sie pflegen ja auch viel mehr herzugeben als Nachrichten aus der Zeitung oder dem Fernsehen.

War alles durchgesprochen, kamen die drei so gut wie immer auf die Vergangenheit zu sprechen.

„Weißt du noch …?"

„Kannst du dich erinnern …?"

„Was ist denn eigentlich aus … geworden? Lebt die überhaupt noch?"

„Du, wie hieß noch mal der Großvater von …?"

„Mir fällt sein Name nicht ein."

„Dass man im Alter auch immer die Namen vergisst …"

„Wenn das nur nicht der Beginn von Alzheimer ist …"

Aber diese das Gemüt so belebenden Gespräche fanden nur statt, wenn Emma Zeit hatte. Denn die hatte sie nicht so ohne Weiteres. Den Vormittag über hatte sie unglaublich viel zu tun.

Ihre Geranien!

Die wollten gepflegt sein!

Wasser, nicht zu viel und nicht zu wenig.

Dünger, in regelmäßigen Abständen.

Ausputzen – täglich!

Am Allerwichtigsten, so hatte sie Sybille erklärt, war, dass die Geranien täglich ausgeputzt wurden. Das bedeutete, die verwelkten Blüten und Blätter mussten ausgezupft werden, damit die Pflanze Kraft für junge Blüten hatte und immer neu austreiben konnte. Und diese Tätigkeit war wirklich zeitraubend!

Also, wie gesagt, geplauscht wurde, wenn Emma Zeit hatte.

War sie nämlich mit der Geranienpflege fertig, wurden zuerst die Hasenställe ausgemistet, dann das Hasengehege gesäubert, und zuletzt kam die Fellpflege der Hasen dran. Leicht erschöpft und voller Hingabe saß Emma dann auf der Sitzbank mit dem Gartentisch.

Oft gesellte sich Hilde dazu.

Sie war eigentlich die Ruhigste von allen. Aber sie hatte auch ihre brutalen Seiten!

Am frühen Morgen ging sie zuerst bei ihrem Huhn Berta vorbei. Zum Rauslassen aus dem Stall, um ein Ei zu holen, wenn eines gelegt wurde, und natürlich zum Guten-Morgen-Sagen.

Nach dem Frühstück dann kamen die Hochbeete dran. Und hier zeigt sich, welche Untiefen sich in Hilde auftun konnten. Gemeuchelte spanische Nacktschnecken zierten ihren Weg! Denn als im Frühjahr die Schnecken begonnen hatten, sich an dem diversen Grünzeug in den Hochbeeten zu vergreifen, sagte Hilde den schleimigen, kriechenden Ekelpaketen den Krieg an und begann einen grauenhaften Vernichtungskampf: Sie zerschnitt sie brutalst bei lebendigem Leibe – mit einer Gartenschere!

Man durfte sich das eigentlich gar nicht vorstellen. Diese äußerlich so sanfte Hilde.

Nach diesen Tätigkeiten setzte sie sich, wieder völlig harmlos wirkend, je nach Temperatur und Sonnenstand auf eine der im Gelände verteilten Sitzbänke und häkelte oder strickte Deckchen, Kissenhüllen, Babymützchen und -jäckchen, Kinderwagendecken und Wintersocken. Sie hatte Sybille erklärt, dies seien schon ihre Vorbereitungen für die kommende Weihnachten, und aufgezählt, wer alles aus ihrem großen Verwandten- und Bekanntenkreis damit beglückt würde. Aber Sybille hatte sofort den Überblick verloren.

Nach den Geranien, den Hasen und den diversen Schwätzchen war meist auch schon Zeit für das Mittagessen. Emma kochte sich jeden Tag eine warme Mahlzeit. Unzählige Töpfchen und Pfännchen standen dann auf ihrem Herd. Kleine Schüsselchen wurden aus dem Kühlschrank heraus- oder vom Kellerregal heraufgeholt, denn schließlich durften die Reste von gestern nicht verkommen.

„Wirf doch die Reste weg. Wärm doch nicht immer wieder alles auf!", sagte Lina immer wieder zu ihr.

„Im Krieg wären wir froh gewesen, wenn wir überhaupt etwas zu essen bekommen hätten."

„Wir sind aber nicht mehr im Krieg!"

„Du hast eine größere Rente als ich, du musst nicht sparen", argumentiert Emma dann.

Lina pflegte an dieser Stelle zu schweigen. Es stimmte schon, was Emma sagte. In diesem Punkt den Mund zu halten, hieß, den sozialen Frieden zu bewahren. Die Kosten eines irgendwann drohenden Altersheimaufenthaltes standen immer im Raum, und wer wusste, was der noch alles verschlingen würde.

Deshalb wirtschaftet jede vorsichtig mit ihrem Geld.

Wenn Emma mit Kochen fertig war, hatten der Metzger oder der Engel-Wirt aus dem Dorf meistens auch schon das Mittagessen für Hilde – und inzwischen auch für Lina – gebracht, und zu dritt saßen sie dann bei Lina an deren großem rundem Tisch und aßen gemeinsam.

Lina war ja die Geschäftigste von allen.

Sie war praktisch dauernd unterwegs. Fast jeden Vormittag ging sie auf den Friedhof. Zuerst pflegte sie das Grab ihres Mannes. Es war zwar ein Urnengrab, aber die Pflanzenschale darauf musste gegossen – und ausgeputzt – werden. Danach kam der spannende Teil ihres Vormittags.

Denn ein Friedhof auf einem Dorf ist das Kommunikationszentrum schlechthin.

Wenn da ein frisches Grab hinzugekommen ist, gibt es natürlich zuerst die Kondolenzbekundungen mit Trösten und Erzählen vom eigenen Verlust und wie man damals mit diesem Trauerfall umgegangen ist ... Das Leben geht weiter, ist die Botschaft. Dann wird mit allen Bekannten geschwätzt, die auch gerade mit der Grabpflege zugange sind. Und von denen erfährt man dann weitere Neuigkeiten aus dem Dorf!

„Weißt du, dass die zusammengezogen sind?"

„Was, die leben grad so zusammen? Also zu unserer Zeit hätte es das nicht gegeben!"

„Hast du schon gehört? Die Ilse hatte einen Schlaganfall."

„Stell dir vor! Der Wolfgang liegt schon wieder im Krankenhaus!"

„In der Nachbarschaft sind Neue eingezogen. Die kommen aus Norddeutschland. Also, ob die sich hier einleben?"

„Der Heinrich hört ja jetzt auch auf mit seiner Landwirtschaft. Was der danach anfängt? Der hat doch noch Familie? Von irgendetwas müssen die doch leben?"

„Stell dir vor, die ... und der ... heiraten. Hättest du dir vorstellen können, dass die zusammenpassen?"

„Kennst du eigentlich noch ... ?"

„Also, ich sag dir jetzt was im Vertrauen, aber das musst du unbedingt bei dir behalten ... !"

Im Alter verlagert sich eben für viele der Dorfmittelpunkt auf den Friedhof. Er wird geradezu zum Marktplatz für alte und für einsame Menschen. Dort treffen sie Freunde, ehemalige Nachbarn und Bekannte, einfach die, die in derselben Situation wie sie selbst sind – alt, verwitwet oder tief im Inneren einsam.

Der Tratsch bietet ihnen willkommene Ablenkung.

Und die täglich neu hinzukommenden Einschränkungen und Gebrechen, die wollen ja auch noch ausgetauscht werden. Die Schulter tut weh, die Arthrose in der Hüfte oder im Knie, die Füße, die Krampfadern, hoffentlich braucht man keine Stützstrümpfe, der Kreislauf, aber es ist sicher der Wetterwechsel, das Herz, das will halt auch nicht mehr so, das Treppensteigen wird immer schwerer, und das Bücken, das Hören lässt nach, man braucht sicher auch Hörgeräte, und die Augen, jetzt muss auch am linken Auge eine Staroperation gemacht werden, man hat bei sich schon wieder einen Zahn ziehen lassen müssen ...

„Sag mal, das Gedächtnis, lässt das bei dir auch so nach? Wenn das nur nicht der Beginn von Alzheimer ist ...“

„Keine Angst, es kommt noch schlimmer!“ Einer von Linas Lieblingssprüchen.

Nach dem Friedhofsbesuch hatte auch Lina regelmäßig Arztbesuche. Aber darüber redete sie nicht oder nur ganz selten. Gesund zu sein oder wenigstens gesund zu wirken – ein wenig stolz konnte man darauf schon sein. Es war fast ein Beweis dafür, dass man im Leben alles richtig gemacht hatte, gesund gegessen, gesund gelebt. Das mit den Genen war doch neumodischer Quatsch!

Anschließend kaufte Lina ein, für sich oder für die anderen. Manchmal ging sie auch ins Kaffee oder machte Krankenbesuche. Lina ging zur Gymnastik, sie schwamm regelmäßig, sie nahm an Kaffeefahrten teil, und einmal im Jahr machte sie mit ihrer Tochter zwei Wochen Urlaub in Österreich.

Jeden Sonntag gingen die die drei Damen in den Gottesdienst. Für Sybille war das völlig ungewohnt, aber es berührte sie immer wieder, wie wichtig ihnen dies war. Sie spürte, dass die drei so richtig aus dem Herzen heraus fromm waren, so, wie sie selbst es eigentlich nie kennen gelernt hatte.

Manchmal fragte sie, was der Pfarrer gepredigt habe. Viel von der Predigt wussten die drei alten Damen dann nicht mehr. Aber sie war immer gut gewesen.

Und noch etwas: Am Sonntag wurde nicht gearbeitet!

Huhn Berta wurde nur gefüttert, bei den Schnecken herrschte Vernichtungsstopp, und auch die Hasen wurden nur gefüttert – ihr glänzendes Fell würde bis Montag sicher nicht stumpf –, Emma ließ die Geranien wachsen, wie sie wollten, und Lina lief nicht im Dorf herum, sondern ging irgendwo in der Umgebung essen.

Danach kam sie leise heim.

Denn im Haus herrscht sonntägliche Ruhe. Mittagsschlaf.

Nach dem Mittagsschlaf machten sich die Damen nochmals schick, fast wie zum Kirchgang am Morgen. Und entweder gingen sie gemeinsam ins Café, dies immer am ersten Sonntag im Monat, oder sie waren bei Bekannten oder der Verwandtschaft eingeladen – oder sie luden selbst zu sich in die Pension ein.

Müde vom Tag verbrachte jede den Sonntagabend in ihren eigenen vier Wänden.

Jede hatte an diesem Abend auch viel mit sich zu verarbeiten.

Zum einen waren das die erzählten Familienverhältnisse. Die waren oft belastend. Streit in der Familie, man vertrug sich nicht, Geldsorgen, die Arbeitsstelle, und im schlimmsten Fall hatten auch die jungen Leute schwere Krankheiten.

Aber am ärgerlichsten war es, wenn ihnen der Kopf vollgeschwatzt wurde, welch ein unmögliches Lebensarrangement sie jetzt noch, im hohen Alter, mit dieser Seniorenpension getroffen hätten, wo andere doch ruhig ihren Lebensabend im Altersheim verbrachten.

Ruhig vielleicht, aber nicht mehr selbstbestimmt!

Ohne Schlüssel zum eigenen Zimmer!

Ohne Schlüssel zur Haustür!

Pünktlich abends um neunzehn Uhr im Altersheim sein! Oder sich abmelden müssen, wenn man aus dem Haus ging, und sagen, um wie viel Uhr man heimkam. Wie früher als Jugendliche bei den Eltern.

Nur noch das essen, was Andere für einen bestimmten.

Essenszeiten nach der Hausordnung.

Und noch so viel anderes, in das sich Außenstehende gar nicht einfühlen konnten oder wollten.

„Wir dürfen uns nicht verunsichern lassen", sagte Lina dann montags immer beschwörend.

„Wir haben es richtig gemacht. Wir haben uns für ein selbständiges, unabhängiges Leben entschieden. Du kannst weiterhin Huhn Berta beschützen, du kannst deine drei Hasen streicheln und Geranien gießen, du kannst einen Garten in Hochbeeten haben, wir alle können immer noch tun und lassen, was wir wollen. Keiner schreibt uns vor, wann gegessen wird und was gegessen wird, wann wir zu Bett gehen und wann wir aufstehen, und für die Haustür der Pension hat jede von uns ihren eigenen Schlüssel."

Lina hatte ja so Recht.

Es war nur ein kleiner, überschaubarer Lebensraum, den sie sich geschaffen hatten, aber ein unabhängiger!

Sybille musste lachen, als ihr die Donnerstagabende einfielen.

Binokel!

Spielen um Geld!

In ihrer dörflichen Pension wurde gezockt! Jedes verlorene Spiel kostete zehn Cent.

Lina hatte das eingeführt. Schon seit Jahren hatte sie bei sich zuhause Binokel-Abende veranstaltet. Und deshalb pflegte sie diesen Brauch auch in der Pension.

Aber nicht nur diesen Brauch brachte sie mit ins Haus, sondern auch ihre manchmal bis zu sieben Mitspieler. Einmal im Jahr nahm die Gruppe an einem Binokel-Wettbewerb unten im Städtchen teil, und das wollten sie auch in diesem Jahr.

Deshalb der streng geregelte Ablauf: Kommen, sich an den runden Tisch setzen, Gesundheitszustände austauschen, aber nur kurz, dann ein oder zwei Mon Chéri schlecken, und dann spielen.

Runde um Runde.

Und dabei wurde nicht geschwätzt. Man kam ja schließlich nicht, um zu reden.

Außerdem wurde auch nicht nur konzentriert gespielt, nein, es musste auch schnell gespielt werden. Wehe, wer zu lange überlegte! Sofort wurde er von Lina zur Eile angetrieben. Nach jeder Runde wurden die Geldbeträge aufgeschrieben. Und erst, wenn sich Erschöpfung breitmachte, wurde aufgehört.

Schon am Donnerstagnachmittag fing Lina an, alle Stühle des Erdgeschosses in ihr Wohnzimmer zu stellen. Dort war dann kaum noch Platz zum Gehen. Wenn alle da waren, kamen auch Emma und Hilde, setzten sich auf Linas Sofa, jede hatte ihr Strick- bzw. Häkelzeug dabei, und so saßen sie da, den ganzen Abend.

„Ist das nicht eigenartig, da spielen die anderen am Tisch, und ihr sitzt am Rand, als würdet ihr nicht dazugehören, wie auf einem Arme-Sünder-Bänkchen?", hatte Sybille sie einmal gefragt.

Beide hatten ihre Köpfe geschüttelt. „Wir sind das so gewöhnt. Wir sind Pietisten."

Ja, so war das früher bei den frommen Pietisten. Sonntagmittags gingen die Männer zur Bibelstunde ins Gemeindehaus, um in der Bibel zu lesen, über die Texte zu reden und am Ende dieser „Stund“ auch gemeinsam zu beten. Nach alter Väter Sitte saßen die Männer dabei an den Tischen, während die Frauen, wenn die Ehemänner ihre Anwesenheit überhaupt duldeten, ringsum auf Stühlen direkt an der Wand saßen und ihnen schweigend zuhörten.

Und diese traditionelle Sitzordnung hatten Emma und Hilde jetzt wieder aufgenommen.

Sybille selbst war innerlich immer noch mit der Planung einer kulturell gehobenen Seniorenresidenz zugange. Wie nur könnte sie die langsam entstehende ländliche Atmosphäre ihrer Pension einer handverlesenen, kunstbeflissenen Klientel schmackhaft machen?

Vielleicht die Aussicht, Hasen nach dem Vorbild Dürers in der Natur zu porträtieren?

Warum nicht auch ein Huhn á la Dürer?

Und hatte nicht Baselitz ein Huhn gemalt, sogar mit den Fingern? Oder war das ein Adler gewesen?

Langsam beschlich sie die Ahnung, dass Lina, Emma mit ihren drei Hasen und Hilde mit Huhn Berta womöglich siegen würden, die langsam, aber sicher aus ihrer Pension eine dörfliche Senioren-WG machten.

Dass eigentlich Lina kein Tier mitgebracht hatte …?

Am vergangenen Samstagabend hatte Sybille zu einem griechischen Abend als eine Art Sommerfest draußen im Garten eingeladen. Sie wollte ihre drei Damen bewirten. Zum Auftakt sollte es gebackenen Schafskäse mit Tomaten in einer Himbeeressig-Olivenöl-Vinaigrette an Hummus, Falafel und schwarzen Oliven geben, danach gegrillte Auberginen mit Lammkoteletts, Zaziki und Rosmarinkartoffeln und zum Abschluss süßen Joghurt mit Walnüssen.

Aber so einfach war das nicht gegangen.

Lina sagte, dass sie guten Kartoffelsalat herstellen könne.

Emma bot an, ein paar Hasenkeulen mit viel Soße zu spendieren.

„Soll ich einen Hirtensalat dazu machen?“, hatte Sybille gefragt. Wenigstens einen winzigen Hauch von griechischem Abend wollte sie retten.

„Nur nichts extra kaufen, wir haben alles im Garten“, widersprach Hilde, die Sparsame. Nicht geizig, aber sparsam!

Hilde spendierte also für die Vorspeise zwei gerettete Kopfsalate, gerettet deshalb, weil sie ja jeden Morgen und jeden Abend die Hochbeete nach Schnecken absuchte. Dazu Schnittsalat. Alle Salate waren einfach, mit Hengstenberg-Essig und Sonnenblumenöl, angemacht. Die Radieschen lagen so dabei. Kresse, Petersilie und Schnittlauch waren großzügig über alles drübergestreut.

Tomaten gab es noch keine.

Die zwei Salatköpfe waren auffällig klein gewesen. Aber ein Blick ins Freilaufgehege hatte alles erklärt: Dort futterten drei glückliche Hasen, einträchtig nebeneinander hockend, dunkelgrüne Salatblätter, während Huhn Berta begeistert Loch um Loch in ihre zwei – riesigen! – Blätter pickte.

Nach dem Vorspeisensalat hatte es Linas schwäbischen Kartoffelsalat gegeben. Doch, er war gut gewesen, sogar sehr gut, so richtig schlotzig, wie der Schwabe sagte, und, das war wichtig, aus Annabelle, der Salatkartoffel schlechthin.

Und dazu Emmas Hasenkeulen mit viel Soße.

Nachtisch gab es keinen. Man sollte ja abends nicht so viel essen, das belastete den Magen und machte bloß dick.

Stattdessen gab es Blutwurz von Emma, ein Verdauungsschnaps, für den sie – verbotenerweise – selbst die Wurzeln ausgegraben hatte, um ihn später sorgsam am Küchenfenster in die Sonne zu stellen.

Danach hatte Emma zu einer Rede angesetzt. Aber sie druckste nur herum.

„Sag du's!", stupfte sie Lina an und gab auf.

„Sybille, wir möchten dir was sagen!", begann Lina. „Also, das war so. Als die Emma im Krankenhaus gelegen ist, da hat sie die Marie angerufen ..."

## Peter

*Sommer*

„Sie sind also die von der Alten-WG."

Vor Sybille stand ein junger Mann in etwas schmuddeliger Arbeitskleidung.

„Ich weiß nicht, wen Sie meinen. Darf ich mich vorstellen, mein Name ist Sybille. Ich bin Ihre Nachbarin, mir gehört die Pension."

„Sag ich doch, Sie sind die von der Alten-WG."

Sybille war leicht genervt. Sie hatte unruhige Nächte hinter sich. Ein Sommerabend, der so schön und sorglos begonnen hatte, hatte sie auf einmal vor eine Entscheidung gestellt. Eine richtungsweisende Entscheidung. Denn wenn besagte Marie bei ihr einziehen würde, müsste man für deren geliebte Alma auch eine Wohnstätte haben.

Mit Wohnstätte war in dem Fall ein Stall gemeint.

Mit Alma eine Kuh.

Bis jetzt hatte Sybille alle Entscheidungen unabhängig treffen können. Einen Hasenstall unter dem Vordach aufstellen, wen sollte es stören? Ein kleines Gehege mit Hühnerstall für ein Huhn einrichten, wen hätte sie fragen müssen?

Aber für eine Kuh gab es keine Unterbringungsmöglichkeit in der Pension.

Und was sollte aus ihrer Seniorenresidenz werden? War das jetzt die Weichenstellung, nach der es kein Zurück gab?

Und jetzt stand sie also auf dem benachbarten Hof und vor ihr dieser junge Mann. Er schien schätzungsweise dreißig Jahre alt zu sein – von daher musste sie seine schnodderige Ausdrucksweise wohl tolerieren. Aber das fiel ihr heute doch sehr schwer.

„Und Sie, sind Sie der Welschkornbauer?“, fragte sie. „Ich bin nämlich hier, um ihn zu sprechen.“

Der junge Mann grinste sie an. „Gut gekontert. Der Welschkornbauer. Wir wissen, dass mein Bruder im Dorf so genannt wird. Nein, ich bin der jüngere Bruder. Mich nennen sie den Öko. Hans-Jörg ist der Welschkornbauer, ihm gehört auch der Hof, er macht in Raps und Mais. Ich wohne bei ihm und helfe ihm in Stoßzeiten. Und ansonsten: Mir gehören die freilaufenden glücklichen Hühner, die frei herumlaufenden Schweine und eine kleine Herde Galloways, die auf der Weide ist. Also, mein Bruder arbeitet auf dem Acker, ich versorge Tiere.“

Sybille konnte nicht anders. „Dann sind Sie also für den Gestank zuständig!“

Der junge Mann sah sie sehr ernst an. „Wenn es stinkt, dann habe ich etwas falsch gemacht.“

„Aber das weiß doch jeder, dass Schweine stinken!“, sagte sie.

„Darf ich Ihnen mal zeigen, was ich meine? Keine Sorge, Sie verpassen meinen Bruder nicht, der kommt erst in einer halben Stunde, dann können Sie mit ihm reden. Außer, Sie wollen sich wegen Geruchsbelästigung beschweren. Dafür wäre ich dann zuständig!“

„Es ist nicht so schlimm, nur an manchen Tagen“, beeilte sie sich zu sagen. Denn bisher hatte sich noch niemand beschwert, und ihr selbst fiel der Geruch auch nur manchmal auf.

„Mein Name ist übrigens Peter.“ Peter bot ihr die Hand.

„Ich heiße Sybille.“

Peter holte noch etwas aus einer Scheune, dann verließen sie den Hof und gingen ein gutes Stück über eine Wiese. Sybille war froh, dass sie ihre alten Turnschuhe angezogen hatte. Die konnte sie in der Waschmaschine wieder sauber bekommen. Peter trug Gummistiefel.

Die Wiese war leicht abschüssig. Von weitem konnte sie einen winzig kleinen Bach sehen sowie Krüppelweiden rechts und links. Es wirkte, als seien sie dort angepflanzt worden.

„Warte!“ Peter hatte sie am Ärmel gefasst. „Da kommen jetzt gleich die Doppelzäune. Wir müssen dort durch das Gatter.“

Nach dem äußeren Zaun blieben sie am inneren Zaun stehen. Aus seiner Hosentasche zog Peter den Kopf einer hölzernen Blockflöte. Er blies mehrmals hinein.

Und dann kam sie: Eine Horde von kleinen Schweinchen raste vom unteren Wiesenteil herauf auf die beiden zu. Unwillkürlich trat Sybille etwas zurück und hielt sich an Peter fest.

„Keine Sorge“, lachte er, „die halten rechtzeitig an.“

Was stimmte.

Ungefähr zwanzig Ferkel drückten sich an den ziemlich hohen Zaun. Gemächlich hinter ihnen laufend kamen drei riesige Muttersauen, so groß und so dick, wie Sybille noch nie welche gesehen hatte. Zudem hatten sie auch noch so dichte lange Borsten, dass es aussah, als hätten sie ein Fell.

„Sie halten Wildschweine, also, ich meine, du hältst Wildschweine?“

„Das sind keine Wildschweine. Sonst hätten die Ferkel Streifen. Das sind Düppeler Weideschweine, die sind ja eher gefleckt. Das ist eine Hausschweinrasse, die bis vor wenigen Jahren ausgestorben war und jetzt zurückgezüchtet wird. Diese Schweine leben das ganze Jahr draußen und immer gemeinsam in einer Rotte. Sie haben ein eingezäuntes Waldstück, eine Streuobstwiese mit einer großen Suhle, kommen an einen kleinen Teil des Wasserlaufes heran und haben einen nach drei Seiten geschlossenen Unterstand.“

„Und was machst du mit denen? Verkaufst du die Ferkel?“

„Ich züchte Muttersauen. Die verkaufe ich dann. Es gibt immer mehr Biobauern, die es mit einer artgerechteren Haltung versuchen. Natürlich wird ab und zu ein Ferkel oder ein Schwein geschlachtet. Trotz allem sind es ja Nutztiere. Aber im Vergleich zu den Tieren in den riesigen Zuchtanstalten haben meine vorher wenigstens ein gutes Leben gehabt."

„Und warum sehen sie ein wenig aus wie Wildschweine?"

„Vor Jahrhunderten, als diese Rasse zu den Hausschweinen zählte, lebten sie auch ganzjährig draußen, also auch im Wald. Da ist es dann immer wieder vorgekommen, dass sich Wildschweine und Weideschweine kreuzten. Aber ich denke, so ist das Weideschwein auch gesund und robust geblieben."

Inzwischen hatten sich die Muttersauen wieder von der Rotte entfernt. Einige der Jungschweine folgten ihnen nach. Die meisten aber blieben stehen, quiekten und drückten ihre kleinen Schnauzen durch den Zaun.

„Na, ihr Racker, gut habt ihr es gemacht! Wer so toll auf den Lockruf reagiert, der soll auch belohnt werden."

Peter zog eine Rübe aus der riesigen Tasche seiner Arbeitshose, schnitt Teile von ihr ab und fütterte die Schweine nacheinander. Als er fertig war, drehte er sich zu Sybille um. „Wie gesagt, einige werden auch geschlachtet."

Sybille nickte. „So wie früher Emmas Hasen", sagte sie.

Peter grinste. „Aber nicht Huhn Berta!"

Irritiert schaute sie Peter an.

„Deine Alten sind das Dorfgespräch Nummer eins. Vielen Dank dafür. Früher waren wir es! Alles, was wir gemacht haben, wurde abgelehnt. Weil nichts, was mein Bruder und ich hier tun, traditionell ist, muss in den Augen der anderen alles falsch sein! Und doch sind wir es heute, die noch den einzigen rentablen Bauernhof in der Gegend haben. Die anderen stehen alle vor dem Aufgeben. Deine Alten waren übrigens auch dabei, wenn gegen uns gelästert wurde!"

„Du sagst immer ‚deine Alten', das klingt irgendwie despektierlich. Ich finde, ‚Seniorinnen' klingt besser", kritisierte Sybille.

„Klingt vielleicht besser, meint aber dasselbe. Nur ehrlicher! Der alte Mensch ist alt, egal, wie man ihn nennt. Alte Senioren sind genauso alt wie alte Menschen. Da gaukeln sich die Leute mit Hilfe eines schönen Verschleierungswortes nur etwas vor. Aber lass mal, ich kann auch Seniorinnen sagen, wenn dir das lieber ist. Allerdings, wenn ich ‚die Alten' sage, dann bekomme ich ein echtes

Gefühl für sie, dann sind sie, wie sie wirklich sind: alt, gebrechlich, verletzlich, krank und sicher in ihrem Inneren mit dem bevorstehenden Tod beschäftigt.

Senioren, das klingt distanziert. Der Begriff ist irgendwie vom Mainstream diktiert. Er suggeriert den Alten, jeden Tag mit Joggingstöcken unterwegs sein zu müssen, oder zu radeln, oder zu schwimmen, oder zum Turnen zu gehen, Yoga- oder Qigong-Kurse zu belegen, einmal, besser noch zwei Mal im Jahr einen Urlaub zu machen – natürlich einen Aktivurlaub –, oder eine Schiffsreise oder eine Fernreise. Sie müssen dauernd zeigen, dass sie „forever young" sind, wenn du verstehst, was ich meine. Und was steckt meiner Meinung nach dahinter? Selbstbetrug. Heute wird man ja problemlos hundert, wenn man nach dem Mainstream lebt. Hundert werden und ewige Gesundheit. Best life ever. Das beste Leben aller Zeiten. Aber die Wirklichkeit? Die Gesundheit der Alten ist zerbrechlich. Alte können krank werden. Alte können sterben!"

Peter machte eine kurze Pause und sah Sybille an.

„Übrigens, ihr könnt Maries Alma bei uns unterstellen. Natürlich wird das etwas kosten, aber nicht so viel. Eure Marie kann also ihre Kuh Alma noch lange behalten."

„Du weißt das mit der Kuh?"

„Natürlich! Lina war schon da."

Lina!

„Und dein Bruder, was sagt der dazu?"

„Für die Tiere auf dem Hof bin ich zuständig. Alte Ställe sind noch vom Vorbesitzer da, die gehören uns beiden. Mein Bruder kommt ja gleich, dann kannst du auch mit ihm sprechen. Und im Übrigen: Ich werde diese Alma an die Weide gewöhnen. Sie wird es mögen."

## Die Geschichte von Kuh Alma

Alma hatte tagelang gebrüllt. Wieder hatte man ihr Kalb weggenommen. Ihr siebtes Kalb in neun Jahren. Der Bauer hatte es, es war ein männliches, nach vier Tagen geholt und an einen Mäster verkauft. Dort würde es nach ein paar

Monaten der Mästung geschlachtet. Aber vorher schrie es noch wochenlang nach seiner Mutter.

Und wochenlang rief Alma nach ihrem Kalb.

Jedes Jahr war ihr das Kalb weggenommen worden, nach drei, längstens nach vier Tagen. Der Bauer betrieb Milchwirtschaft, da wurde das Kalb nicht gebraucht, nur die Milch, die der Körper der Mutterkuh für ihr Kalb bereithielt.

So funktioniert Milchwirtschaft!

Alma war jetzt elf Jahre alt. Vor zwei Jahren hatte Alma den Verlust nicht mehr verwunden.

Ihre Augen wurden stumpf. Ihr Körper wirkte ausgezehrt und alt.

Sie blickte nicht mehr auf, wenn Marie zu ihr in den Stall kam und sie zwischen den Hörnern kraulte, reagierte nicht mehr, wenn Marie ihr frisches Gras vors Maul hielt.

Und wenn Marie den Stall verließ und sie wieder allein stand, dann brüllte sie.

Kuh Alma war die Letzte einer großen Milchviehherde.

Maries Mann war verbittert gewesen. Die Milchpreise waren so tief gesunken, dass Milchwirtschaft nicht mehr rentabel war. Die anderen Kühe hatte er längst verkauft. Alma wurde nur noch gehalten, weil Marie so an ihr hing.

Dann starb er an einem Herzinfarkt.

Nach der Beerdigung versorgte Marie ihre Kuh regelmäßig und hielt ihren Stall sauber.

Über die Sommermonate ging es gut. Dann kam der Winter. Marie fiel es von Tag zu Tag schwerer, die Kuh und sich zu versorgen. Etwas saugte ihr jede Kraft aus dem Körper.

Zu Beginn des neuen Jahres stellte der Hausarzt eine Depression bei ihr fest. Depression und eine immer stärker werdende Antriebslosigkeit.

Sie schaffte es kaum noch, Alma zu füttern.

Irgendwann konnte sie den Stellplatz des Tieres nicht mehr sauber halten. Alma begann, den ganzen Stall für sich zu nutzen. Ihren Schlafplatz hielt sie sauber, aber ansonsten kotete sie den ganzen Stall ein.

Im Frühjahr spürte Marie, dass es so nicht weitergehen konnte. Sie konnte Alma nicht so verwahrlosen lassen.

Im späten Frühjahr hatte Emma angerufen. Emma war eine Schulkameradin und Freundin der Kinderjahre. Durch die Heirat war Marie weggezogen, dann hatte sich der Kontakt verloren.

„Hallo, Marie, wie geht's?"

„Es geht."

„Und deinem Mann?"

„Der ist letztes Jahr gestorben. Ein Herzinfarkt. Es ging ganz schnell."

„Mein Beileid. Das wusste ich nicht, sonst hätte ich dich angerufen. Oder ich hätte dich besucht. Kommst du zurecht, so allein?"

„Es geht."

„Dann ist ja gut!", sagte Emma. „Ich lieg nämlich im Krankenhaus, ich musste mir eine neue Hüfte machen lassen. Da wollte ich dir nur sagen, dass du mich hier besuchen könntest. Lina und Hilde würden dich abholen, die kennst du doch auch noch."

„Das geht nicht", sagte Marie.

„Du bist doch jetzt allein, da wirst du doch Zeit haben, um mich im Krankenhaus zu besuchen, oder bist du bös' mit mir? Du brauchst nichts mitzubringen. Die haben mich hier auf Diät gesetzt, und Blumen hab ich genug."

„Es geht aber nicht. Ich hab so viel Arbeit. Es geht nicht." Und dann, flüsternd: „Ein andermal, vielleicht."

Emma spürte irgendetwas, bis durch das Telefon. „Marie, du, es geht dir nicht gut! Stimmt's?", fragte sie.

„Nein, mir geht es nicht gut." Dann weinte Marie.

„Lina und Hilde holen dich morgen ab!"

Am Abend des kleinen Sommerfestes hatten Lina und Hilde ihre Sorge um Marie und Kuh Alma bei Sybille angesprochen.

„Natürlich kann Marie bei uns einziehen", hatte Sybille gesagt. „Aber was soll dann aus ihrer Alma werden? Auf dem ganzen Gelände gibt es keinen Stall."

„Hier nicht, aber drüben beim Welschkornbauern!"

Und dann hatten die Dinge ihren Lauf genommen …

## Hans-Jörg

*Sommer*

Sybille hatte inzwischen auch Hans-Jörg kennen gelernt. In ihrem ganzen Leben war sie nicht so einem muffeligen Mann begegnet.

Fast eine Stunde musste sie auf ihn warten. „Auf dem Feld geht nicht immer alles genau nach Uhrzeit. Der Motor hat Schwierigkeiten gemacht."

Keine Entschuldigung, kein Lächeln. Selbst wenn man nicht verabredet war, konnte man doch freundlicher sein!

„Mit den Arbeitsklamotten will ich nicht ins Haus, gehen wir in die Werkstatt", fügte er hinzu.

Er ging vor, sie lief hinter ihm her. Er roch ziemlich streng nach Schweiß, seine Arbeitskleidung war durchgeschwitzt.

Die Werkstatt war ein heller, aufgeräumter Raum. An der einen Wand hing so ziemlich alles, was nach Hammer, Säge, Schraubenzieher und Zange aussah, darunter stand eine riesige Werkbank. Gegenüber war ein Regal voller elektrischer Kleinmaschinen und Ordner, dazwischen ein Fenster, darunter ein Schreibtisch, überladen von Papieren und Schreibzeug. In der Mitte des Raumes stand eine große Kreissäge. Ihr Abzugsschlauch führte durch die hintere Wand, die vollgestellt war mit Brettern und Leisten.

Hans-Jörg bot Sybille den einzigen im Raum befindlichen Stuhl mit Lehne an. Für sich zog er einen Hocker an den Schreibtisch.

Seit sie in der Werkstatt waren, hatte er noch kein einziges Wort gesprochen.

Sybille war enttäuscht. Sein Bruder Peter war so ein sonniger, gesprächiger und vermutlich auch unkomplizierter Typ gewesen, aber was ihr da jetzt gegenüber saß, war ein mürrischer wortkarger Mann, der sein Gesicht hinter einem buschigen, ungepflegten dunklen Vollbart verbarg. Sein ganzes Auftreten strahlte eine ungeheure Distanz aus.

„Er ist so um die vierzig", hatte Lina erzählt. Und dass er geschieden war. „Sie ist ihm davongelaufen, und die Tochter ist natürlich mit der Mutter gegangen."

Sybille wusste nicht, wie sie beginnen sollte.

Hans-Jörg räusperte sich: „Peter hat mir Ihre Situation schon erzählt. Sie wollen eine neue Bewohnerin in Ihre WG aufnehmen, aber die hat eine Kuh, von der sie sich nicht trennen kann, und die Kuh soll bei uns auf dem Hof unterkommen."

Sybille nickte.

„Also, von mir aus gibt es da keine Widerstände. Peter ist für die Tiere auf dem Hof zuständig. Er wird auch den Stall so einrichten, dass die Kuh bei uns leben kann."

Sybille nickte erleichtert. Dann druckste sie ein wenig herum: „Da wäre aber noch ein Problem. Der Transport. Wir können das nicht nur mit Peter. Wir bräuchten auch Ihre Hilfe."

„Das geht schon in Ordnung. Wir helfen mit unserem Viehtransporter aus. Ich fahre, Peter versorgt die Kuh."

Hans-Jörg stand auf.

Sybille war froh, dass alles so reibungslos ablief, und stand ebenfalls auf. „So ganz genau wissen wir aber noch nicht, wann der Umzug stattfindet. Da müssten wir später noch mal drüber reden", sagte sie.

„Geht schon. Besprechen Sie das mit Peter, der ist untertags fast immer auf dem Hof."

Hans-Jörg hielt ihr die Hand hin. „Ich muss dann mal unter die Dusche."

Das war's.

Sybille lief den kurzen Weg hinüber zu ihrer Pension, die sich ganz offensichtlich immer weiter zu einer dörflichen Senioren-WG umwandelte.

Und die Seniorenresidenz à la Bridge, Klavierabend und Tanznachmittage?

Nein, im Augenblick waren Marie und Kuh Alma wichtiger.

Alle Alten, wie Peter gesagt hätte, saßen in der Küche und warteten auf Sybille.

„Und, wie war's?", fragte Lina.

„Kein Wunder, dass dem die Frau davongelaufen ist!", sagte Sybille. „Aber ansonsten geht alles klar. Wir müssen nur noch mit Marie den Umzugstermin ausmachen."

„Der war nicht immer so", sagte Hilde. „Er war zwar schon immer sehr ernst und noch nie gesprächig. Aber so unwirsch wurde er erst nach der Scheidung."

„War da etwas Besonderes, warum die sich getrennt haben?"

„Keiner weiß es so genau. Aber sie war eine ziemlich Eingebildete aus der Stadt. Die hat sich das Landleben vielleicht so romantisch vorgestellt, wie es in den modernen Heimatfilmen immer dargestellt wird. Aber wie gesagt, man weiß eigentlich nichts Genaueres über ihre Trennung."

## Marie und Kuh Alma ziehen um

*Sommer*

In der Pension herrschte helle Aufregung. Heute sollten Marie und Kuh Alma umziehen. Lina hatte Marie schon zweimal in die Pension gebracht, das Zimmer musste ja ausgesucht und nach ihren Vorstellungen gerichtet werden. Beim zweiten Mal waren schon die wichtigsten Möbel mitgekommen, und heute würden Marie und Kuh Alma endgültig in ihr jeweiliges zukünftiges Domizil einziehen. Hans-Jörg und Peter waren mit dem Viehanhänger schon vorausgefahren, Sybille, Lina, Emma und Hilde würden später nachkommen. Sie richteten noch ein Essen für den Abend. Der Einzug sollte schließlich gebührend gefeiert werden.

Der erste Schreck des Tages ereignete sich sogleich, als die drei Frauen bei Marie eintrafen: Im Hof des Bauernhofes standen Peter und Hans-Jörg. Die Haustür war geschlossen, ebenso der Stall.

„Wir kommen nicht rein!", sagte Peter, der vor der Haustür stand und immer wieder klopfte.

„Seid ihr schon lange da?", fragte Lina.

„Ziemlich." Das war Hans-Jörg. Nur ja kein Wort zu viel!

Emma stellte sich unter Maries Schlafzimmerfenster und rief nach oben: „Marie, wir sind's, ich und die Lina. Mach auf."

Von oben kam keine Antwort.

„Nun mach schon, es ist nicht schlimm, wenn du noch nicht fertig bist, wir helfen dir!" Emma zeigte sich gleich von ihrer praktischen Seite: „Zieh deinen Morgenmantel an und schließ von innen auf."

Richtig vermutet.

Oben ging ein Fenster auf. Maries Kopf war zu sehen. „Ich komm."

Es dauerte eine Weile, dann hörte man, wie die Haustür von innen aufgeschlossen wurde. Ganz vorsichtig und langsam öffnete sie sich einen Spalt weit. Emma trat an die Tür heran und lugte durch die kleine Lücke.

„Du musst nicht so aufgeregt sein, wir helfen dir doch alle. Und es wird alles gut werden. Sag uns noch, wo du den Schlüssel zum Stall hast, dass die beiden Männer schon mal zu Alma können."

„Er hängt hinter dem Abflussrohr vom Stalldach."

Peter, der sich leise neben Emma gestellt hatte, nickte freundlich. „Ich geh dann mal in den Stall und red mit Alma. Keine Sorge, ich warte, bis Sie angezogen sind und in den Stall nachkommen."

Marie stimmte zu.

„Peters sonnige Ausstrahlung ist einfach Gold wert", dachte Sybille und schaute ihm nach. Hans-Jörg hatte sich inzwischen zu seinem Bruder gesellt und zusammen liefen die Brüder zum Stall.

„Was ist denn passiert? Warum bist du nicht fertig?" Emma war mit Marie in den zweiten Stock gegangen. Im Schlafzimmer standen ungepackte Koffer, Kleider und Wäsche lagen auf dem zweiten Bett, Schubladen standen offen. Es war praktisch nichts gerichtet.

„Ich habe es nicht geschafft, ich habe es nicht geschafft. Ich weiß nicht, was ich mitnehmen soll, was aus den anderen Sachen wird, ich weiß nicht, wie ich packen soll, wie viel, ob es richtig ist, was ich mache, ich weiß es nicht."

Vor lauter Mitleid schossen Emma Tränen in die Augen. „Es ist schon richtig, was du machst, doch, doch, es ist die richtige Entscheidung. Und reg dich nicht weiter auf. Wir helfen dir jetzt. Zieh du dich erst einmal an, ich packe dir ein paar Sommersachen zum Anziehen ein."

Sybille war mit Lina in die Küche gegangen. Da war seit Tagen, vielleicht seit Wochen kein Geschirr mehr gespült worden. Verkrustete Töpfe standen auf dem Herd und überall auf dem Boden, der Müll war nicht mehr rausgetragen worden, und hinter dem Holz neben dem Herd verschwand gerade eine Maus.

„Das ist auf dem Land so", sagte Lina, „da kommen die Mäuse eben ins Haus."

Sybille stand etwas ratlos da. „Wir bekommen das Haus doch nicht in einer halben Stunde aufgeräumt."

Lina nickte. „Da müssen wir nochmals kommen. Ich schlage vor, wir machen jetzt gar nichts. Was da seit Wochen rumsteht, kann auch noch ein paar Tage länger rumstehen. Wir nehmen mit, was Marie für die nächsten Tage notwendig braucht, und dann fahren Emma, Marie und ich ein- oder zweimal in der Woche her, räumen auf, bringen den Müll weg, putzen und richten alles für den Verkauf oder die Vermietung. Da ist ja noch nichts entschieden."

Sybille war froh über Linas pragmatischen Lösungsvorschlag. Auch Emma fand ihn gut. Marie hatte sich inzwischen gewaschen und angezogen.

„Darf ich in den Stall und schauen, was die Männer mit Alma machen?"

Emma schaute Marie sprachlos an. „Du musst doch nicht fragen, ob du etwas tun darfst. Tu doch, was du tun willst."

Marie nickte. Völlig verunsichert ging sie aus dem Schlafzimmer, die Treppe hinunter und hinüber zum Stall.

Alma war in ihrer Box, in der sie schon seit Jahren stand.

Peter stand vor ihr und kraulte ihr den Kopf. Mit ruhiger Stimme redete er ununterbrochen auf das verängstigte Tier ein.

„Gut Alma, gut Alma. Es geschieht dir nichts."

Hans-Jörg befand sich hinter der Kuh. Fast knietief stand er in der völlig verdreckten Box. Vorsichtig, mit extrem langsamen Bewegungen, um Alma nicht zu verschrecken, zog er mit der Mistgabel das verkotete Stroh heraus. Aber Alma war in höchster Aufregung. Sie brüllte mit riesig aufgerissenen Augen. Seit dem Tod des Hofbauern war kein Mann mehr an ihre Box gekommen. Und nun gleich zwei! Es war, als kämen Erinnerungen an den Hofbauern in ihr auf. Der war ein ungeduldiger, grober Mann gewesen, hatte ständig nur rumgeschimpft und mit dem Stock geschlagen, wenn sie nicht gleich so stand, wie er es wollte.

„Es ist gut Alma, es ist gut!" Unermüdlich streichelt Peter das verängstigte, kurz vor einer Panik stehende Tier. „Es ist gut!"

Hans-Jörg hatte aufgehört, mit der Mistgabel zu hantieren. „Ich lass das mal besser. Die regt sich sonst noch viel mehr auf. Ob die nun mit sauberen oder dreckigen Füßen in den Anhänger läuft, ist doch egal. Die ganze Kuh ist so verdreckt, da kommt es jetzt auch nicht mehr darauf an."

Marie war hinzugetreten. „Entschuldigung. Ich habe es nicht mehr geschafft. Entschuldigung", wiederholte sie leise.

Kaum hatte Alma Maries Stimme gehört, wurde sie ruhiger.

Peter trat zu Marie. „Wir schaffen das schon." Und dann nahm er Marie in den Arm. „Bald wird es euch beiden wieder besser gehen. Das wird schon wieder!"

Oben im Schlafzimmer hatte Lina den größten Koffer genommen, Sommerkleider, Hosen und Blusen hineingelegt, einige Stücke Unterwäsche, Schuhe, eine Sommerjacke und das Notwendigste aus dem Bad.

Sybille stand tatenlos herum. Sie wusste nicht, wo sie mit anpacken konnte.

Emma ging derweil durchs Haus, zog überall die Stecker aus den Steckdosen, ließ alle Rollläden herunter, räumte den Kühlschrank aus, in dem sowieso nur noch abgelaufener Quark stand, kippte in allen Räumen ein Fenster nach innen, dass Luft zirkulieren konnte, und ging dann noch durch den Keller. Dort war alles in Ordnung. Marie war eine ordentliche Person, hier im Keller sah man es. Alles war aufgeräumt, stand in den Regalen oder hing an der Wand.

Nein, man musste sich keine Sorgen machen, Marie würde schon wieder in die Reihe kommen. Es war nur in den letzten Monaten alles zu viel geworden.

Emma wusste nichts über Depressionen. Und das war auch gut so. Unbefangenheit hilft oft im Umgang mit kranken Menschen. Und Marie war krank.

Inzwischen hatte Marie ihre Alma aus dem Stall geführt. Vertrauensvoll ging das Tier neben ihr her. Hans-Jörg hatte sich hinter das Lenkrad gesetzt. Peter stand in der Nähe, falls er irgendwie eingreifen müsste. Aber Alma ließ sich ohne Widerstand in den Tiertransporter führen. Erst als hinter ihr die Klappe hochgehoben wurde, muhte sie angstvoll. Marie, die neben dem Tiertransporter stand, rief ihr zu: „Alma, ich bin hier. Du darfst bald wieder raus aus dem Wagen!"

Peter trat zu Marie. „Wir fahren schon mal los, wir fahren ja nicht so schnell. Ihr holt uns mit dem Auto bald wieder ein."

Auch Emma war dazugekommen. „Marie, wir sind fertig mit dem Packen. Du musst nur noch deine Tabletten und den Geldbeutel holen. Wir schließen dann zusammen ab. Und übermorgen sind wir schon wieder da und packen weiter und räumen auf und putzen. Geh, hol die Tabletten und das Geld."

„Die Tabletten und das Geld." Marie nickte und ging los.

„Und falls du eine Brille brauchst, bring sie noch mit!", rief Lina ihr nach. „Die ist ja total durch den Wind", sagte sie, zu Emma gewandt. „Hoffentlich bleibt das nicht so."

„Sie war einmal ein fröhlicher Mensch. Ich kann es einfach nicht fassen, was aus ihr geworden ist." Die gutherzige Emma weinte und auch Lina brauchte ihr Taschentuch nicht nur zum Nase putzen.

Sybille stand bei den beiden Frauen. „Ob man Marie nicht fragen sollte, wo sie ihre wichtigsten Papiere hat? Ausweise, Rentenbescheinigung, Besitzurkunden, ich weiß nicht, was noch alles."

„Doch, das ist wichtig. Dass ich daran nicht gedacht habe. Ich geh gleich rein zu ihr", stimmte Emma zu.

Aber Emma brauchte nicht mehr hineinzugehen. Als Marie herauskam, trug sie einen altmodischen Lederkoffer bei sich.

„Der Notkoffer. Da sind alle Papiere drin, die man retten muss, falls es einmal brennt", sagte Marie.

„Na, siehst du, der Kopf funktioniert ja noch!" Emma lachte, und die Anspannung des Vormittags begann sich bei allen zu lösen.

## Almas neue Herde

*Sommer*

Samstag war immer Sybilles großer Putztag durch das Haus. Dann kümmerte sie sich um die Flure auf den Stockwerken, die Treppen, die Teppiche und den Müll ihrer alten Damen, der ihnen zu schwer war. Türen und Fenster putzte sie erst, wenn es auf ihrem Arbeitsplan stand.

Als sie gerade mit dem Wischen des Treppenhauses bis in den Keller fertig war, rief von oben jemand zu ihr herunter:

„Entschuldigung, einer kommt immer, wenn die Treppe noch nass ist. Diesmal bin ich's."

Es war Hans-Jörg.

Sie war überrascht. Hans-Jörg in der Pension? Noch dazu an einem Vormittag? Und gar so freundlich?

„Wenn's sein muss!"

„Ich komme gerade von Marie."

„Aha."

„Ich habe sie überredet, gleich heute mit mir auf ihren Hof zu fahren."

Sybille nickte bloß. Sollte der doch ruhig mal spüren, wie das war, wenn das Gegenüber kaum den Mund aufkriegte.

„Wegen der Klauenpflege", sagte Hans-Jörg.

„Aha!"

Sie hatte keine Ahnung, was er meinte. Aber sie hatte nicht vor, ihn zu fragen.

„Alma kann fast nicht mehr gehen. Ihre Klauen wurden schon über ein Jahr nicht mehr beschnitten. Ich selbst habe keine Pflegebox mehr, aber auf Maries Hof habe ich eine stehen sehen."

„Kaffee?“, fragte Sybille. Sollte der ruhig mal sehen, wie man sich als höflicher Mensch benahm. Die Erinnerung an ihre erste Begegnung mit Hans-Jörg rumorte immer noch in ihr.

Hans-Jörg nickte. „Gern, Kaffee ist immer willkommen.“

Zusammen gingen sie in die Pensionsküche. Hilde war darin bereits zugange. Sie stand am Herd.

„Was gibt's heute?“, fragte Sybille.

„Pfannkuchen mit allem“, antwortete sie.

Als Hilde einzog, hatte sie ja eigentlich gesagt, dass sie ein Leben lang für andere gekocht und davon jetzt genug habe. Das traf wohl doch nicht so ganz zu. Denn seit einiger Zeit kochte sie jeden Samstag eines dieser altmodischen Gerichte, also was man früher so aß. Zum Beispiel Linsen mit Spätzle oder Rahmkartoffeln oder Saure Blättle oder Leberspätzle mit Salat oder Bratkartoffeln oder Käsespätzle und was es da noch alles gab. Ja, und heute waren Pfannkuchen dran.

„Und was bedeutet mit allem?“, fragte Hans-Jörg.

„Die einen wollen Salat dazu, andere Marmelade oder Nutella, und ich will Kohlrabi mit weißer Soße dazu.“

Hans-Jörg guckte erstaunt: „Und Sie machen jedem, was er dazu will?“

„Nein, nur die Pfannkuchen und die Kohlrabi in der Soße. Wer was anderes dazu will, macht es sich nachher selbst. Aber … Wir sagen in der Pension alle du zueinander. Ich heiße Hilde.“

Hans-Jörg nickte. „Ich bin Hans-Jörg.“

„Ich heiße Sybille.“

Man nickte sich zu.

In der Kaffeekanne war noch Kaffee vom Frühstück. „Soll ich frischen machen, der ist nämlich schon kalt?“, fragte Sybille.

„Nein, lass nur.“

Hans-Jörg und Sybille setzten sich.

„Du weißt nicht, was eine mobile Klauen-Pflegebox ist?“, fragte Hans-Jörg.“ Seit dem Umzug von Alma und Marie schien er irgendwie gesprächiger.

„Stimmt. Ich weiß nicht, was das ist, und schon gar nicht, wozu man eine braucht.“

„Die Klauen einer Kuh müssen regelmäßig beschnitten werden. Die Kuh kann sonst ziemlich krank werden. Am besten macht man das alle vier Monate.

Dazu wird die Kuh in eine Box geführt, die ein bisschen wie ein Barren aussieht, den du ja sicher noch vom Schulsport her kennst."

Sybille nickte.

„Darin wird sie mit kräftigen Gurten fixiert, und nacheinander wird jeder Fuß mit einer Handseilwinde hochgehoben. Dann kann man ihr die Klauen schneiden."

In etwa konnte sie sich jetzt vorstellen, was er meinte. „Und was hat Marie gesagt? Fährt sie mit?"

„Ja, sie fährt mit."

„Marie fährt mit? Allein?"

„Emma kommt mit."

„Ach so. Ich war schon erstaunt. Und wie geht's Kuh Alma?"

„Es geht ihr gut."

„Das glaube ich auch", sagte Sybille und setzte hinzu: „Ich glaube sogar, Alma ist glücklich!" Sie dachte zurück an die Ankunft Almas auf Hans-Jörgs Hof, oder vielmehr auf Peters Weidewiese gleich hinter dem Hof.

Das war vorgestern gewesen.

Als sie angekommen waren, wollte Alma nicht aussteigen. Der Viehtransporter stand vor dem Stall. Alles war gerichtet, Gras war in der Futterrinne, Wasser in einer kleinen Wanne.

Marie hatte Alma unermüdlich gut zu geredet, und Peter hatte sie mit einem Grasbüschel gelockt. Alle anderen hatten von ferne zugeschaut, um Alma nicht zu irritieren. Jeder wartete still und geduldig. Keiner wollte Alma zur Eile drängeln.

In Sichtweite des Stalles begann die eingezäunte Winter-Weide-Wiese. Das breite Gatter stand offen. Weit hinten, am anderen Ende der Wiese, war auf einmal eine schwarze Kuh aufgetaucht. Große runde, abstehende Ohren, großer Kopf, aber keine Hörner. Oder war es ein Kalb gewesen?

Auf jeden Fall war diese Kuh viel kleiner als Alma und sie hatte lockiges Fell.

„Hi, Kyly. Alles in Ordnung? Komm ruhig her." Peter lockte Kyly zu sich und begann, sie auf dem Kopf zu kraulen. Kyly gab ein leises Muhen von sich. Peter kraulte sie immer weiter, und Kyly muhte nochmals.

Aus dem Viehtransporter war ein leises Muhen gedrungen.

Ein zaghaftes.

Alle hatten den Atem angehalten.

Kyly schaute zum Viehtransporter und muhte erneut. Lauter, irgendwie auffordernd.

Im Viehtransporter rumpelte es zuerst nur. Dann, langsam und vorsichtig, kam Alma rückwärts aus dem Anhänger. Marie war sofort zu ihr gegangen und hatte auf sie eingeredet. Aber Alma hatte sich weggedreht und hinüber zur Weide geschaut.

Dort hatte sie Kyly gesehen, die wieder muhte, inzwischen deutlich lauter.

Peter ging vom Gatter weg und stellte sich zu den anderen.

Kyly kam völlig ohne Scheu auf den Hof. Am Horizont der Weide waren drei weitere Rinder aufgetaucht, auch sie schwarz. Voller Spannung verfolgte Peter das Geschehen. Er hatte die vier Tiere extra von ihrer Sommerweide geholt.

Alma war inzwischen einige Schritte auf Kyly zugegangen. Neben dem Gallowayrind wirkte sie geradezu riesig. Alma hob den Kopf, aber zögerte, weiterzugehen. Kyly ging nun vollends zu Alma, stupste sie an den Hals und leckte sie kurz mit ihrer Zunge.

Alma senkte daraufhin ihren Kopf und rieb ihn kurz an Kylys Kopf.

Kyly leckte nochmals Almas Hals, drehte sich dann aber weg und lief zurück auf die Weide.

Alma zögerte eine Weile, ging ihr aber dann langsam und schwerfällig nach.

Am Gatter jedoch blieb sie stehen.

Die anderen drei Kühe waren inzwischen neugierig etwas näher gekommen. Zuerst blieb Kyly noch innerhalb der Wiese in Almas Nähe, aber schließlich rannte sie über die Weide, dann in die Nähe zu den anderen Rindern, danach weiter nach hinten an den Rand der Wiese und zuletzt wieder zurück zu Alma.

Es war nicht schwer zu verstehen. Sie wollte Alma locken!

Endlich fasste Alma Mut.

Zaghaft betrat sie die Wiese. Zögerliche Schritte, noch ein paar Schritte, und noch ein paar Schritte.

Ein wenig hatte sie am Gras geschnuppert und einige Büschel auch ausgerupft.

Und dann geschah es: Alma hüpfte!

Zuerst war es nur ein vorsichtiger Hüpfer mit den Vorderbeinen, dann mit den Hinterbeinen und dann, man würde es nicht glauben, wenn man es nicht gesehen hatte, dann war sie mit allen vier Beinen in die Luft gesprungen.

Wieder und immer wieder!

Dieser massige, schwerfällige Körper, er hatte so ungelenk ausgesehen, und dennoch hatte jeder Sprung unglaublich lebendig und glücklich gewirkt.

Sybille hatte zu heulen begonnen, Marie auch, und Emma, und Hilde, und Lina.

Kuh Alma war gehüpft, wie man es eigentlich nur von jungen Lämmern oder Zicklein kennt. Kyly und die anderen Galloways hatten sich von dieser Freude anstecken lassen und waren ebenfalls mit Kuh Alma auf der Wiese herumgehüpft[1].

„Ist Alma überhaupt in den Stall gegangen?", fragte Sybille.

„Nein, sie ist bei den vieren geblieben."

„Und die haben Alma so einfach in ihrer Gruppe aufgenommen?"

„Ja, man sieht sie nur noch zu fünft. Und wenn die anderen dreimal weiter weglaufen, bleibt Kyly bei Alma, die ja wegen der Klauen nicht gut laufen kann."

„Kaum zu glauben, das mit Kyly und Alma."

Hans-Jörg nickte. „Ja, kaum zu glauben!"

## Der Zwischenfall

*Sommerende*

Auf dem Land ist der beginnende Jahreszeitenwechsel immer sehr früh sichtbar, denn die ersten Äcker werden schon abgeerntet und umgepflügt. Das dunkle Braun des aufgerissenen Bodens nimmt der Landschaft die leichte Atmosphäre des Sommers.

Man spürt den nahenden Herbst.

Aber das Jahr, es hatte doch gerade erst begonnen!

Der Sommer, er ist doch noch da!

Die Vorgärten in den Städten stehen in voller Blüte, die Bäume dicht belaubt, die Liegewiesen der Parks bevölkert von Sonnenhungrigen.

---

[1] Vergleiche auf YouTube: „Die Kühe sind los! / Kuhrettung Rhein-Berg / Vacas liberadas" vom 12.05.2013. Online unter: https://www.youtube.com/watch?v=Bo8SKi7q-dU (letzter Abruf: 28.10.2019).

Und dennoch legt die Zeit den Sommer bereits in die Waage der Vergänglichkeit und senkt die Schale, hin zum gewesenen Jahr.

Es war Sonntagmorgen.

Alle saßen in Sybilles Wohnküche beim Frühstück. Auf dem liebevoll gedeckten Tisch stand ein bunter Blumenstrauß. Lina hatte damit begonnen, samstags Wiesenblumen oder Zweige zu sammeln. Beim sonntäglichen Frühstück versuchten dann alle gemeinsam, die Namen der Blumen zu bestimmen. „Gut für das Gedächtnis, es muss nicht immer das Kreuzworträtsel sein!", ermunterte sie Lina. Dazu wurde das kleine Wiesenblumen-Bestimmungsbuch benutzt, das sie in die Pension mitgebracht hatte. Es lag inzwischen immer in der Küchenschublade bei den Haushaltsscheren, Haushaltsgummis, Schnüren und diversen Deckeln.

Emma schien sich zu verspäten.

Hilde hatte schon für alle Rührei mit Speck gebraten, wie jeden Sonntag. Marie bekam ihr ihres ohne Speck, sie aß fast komplett vegetarisch. Aber Eier von Huhn Berta oder vom Öko-Hof aß sie gerne.

Als sie schon beim Marmeladebrot angekommen waren, wurde Marie unruhig. „Wo Emma so lange bleibt? Sie kommt doch sonst nie so spät. Soll ich mal bei ihr vorbeischauen?"

Lina nickte. „Stimmt, man hört auch nichts aus ihrem Zimmer."

Marie stand auf. Etwas unsicher schaute sie in die Runde. „Ich guck dann mal nach ihr."

Lina nickte. „Ja, geh nur!"

Am Tisch wurde es still.

„Hoffentlich ist nichts passiert", dachte Sybille. Plötzlich musste sie sich eingestehen, dass sie immer genau vor so etwas Angst gehabt hatte: dass plötzlich mit einer der alten Frauen etwas nicht stimmte. So drückte sie es vor sich aus. Aber Angst hatte sie vor etwas Unausweichlicherem.

„Kommt schnell!", rief Marie. „Da stimmt etwas nicht."

Schlagartig standen alle auf und rannten zu Emmas Zimmer.

Emma lag im Bett, hatte eine blasse Gesichtsfarbe und hielt die Augen geschlossen. Auf ihrer Stirn stand kalter Schweiß.

„Emma, was ist?" Lina setzte sich auf Emmas Bett und nahm ihre Hand. Sie fühlte ihr den Puls. Der war zu schnell. „Tut dir was weh?"

„Nein, aber wenn ich den Kopf hebe, wird mir schwindelig. Und kalt ist mir."

„Ich ruf den Notarzt!", sagte Sybille und rannte in die Küche. Dort war der Festanschluss des Hauses, und da hing auch die Liste mit den Notrufnummern. 116 117. Der ärztliche Bereitschaftsdienst.

Ihre Hände zitterten.

Eine viertel Stunde später war der Notarzt da. Schon beim Eintreten in Emmas Zimmer sagte er: „Sieht nach Unterzuckerung aus." Kurz prüfte er den Blutdruck, hörte das Herz ab und maß dann den Blutzucker. Er nickte. „Wie ich es mir dachte!"

Emma bekam eine Spritze gegen ihre Unterzuckerung, und alle konnten zuschauen, wie es ihr zusehends wieder besser wurde.

„Sie müssen darauf achten, dass Ihre Großmutter abends noch einige Kohlehydrate zu sich nimmt, dann passiert das nicht mehr", sagte der Arzt zu Sybille.

„Sie ist nicht meine Großmutter, Emma wohnt in Miete bei mir."

Der Notarzt blickte sich um. Das Zimmer stand voll mit Seniorinnen. „Ach was, dann seid ihr das mit der Senioren-WG?"

Die Frauen, alle sichtbar erleichtert, dass nichts Schlimmeres passiert war, lachten und nickten.

„Meine Damen, Sie sind bekannt wie ein bunter Hund. Nicht nur hier in Ihrem Dorf, auch im Umkreis hat man von Ihnen gehört. Meine Patientinnen haben schon von Ihnen erzählt. Wirklich toll, was Sie hier auf die Beine stellen. Es wäre schön, wenn noch mehr Senioren den Mut zu so einer Senioren-WG aufbrächten. Hochachtung! … Also dann, ich geh mal wieder. Bleibt gesund und macht mir keinen Kummer mehr!"

Sybille lief mit ihm an die Tür. „Und wie geht das heute weiter mit Emma?"

„Keine Bange, sie soll normal essen, ihre Medikamente einnehmen und morgen sicherheitshalber bei ihrer Hausärztin vorbeischauen. Da passiert schon nichts mehr."

Sybille stand noch etwas verunsichert da.

„Keine Angst, es ist wirklich alles wieder in Ordnung!" Der Arzt klopfte ihr aufmunternd auf die Schulter. Aber der Schreck saß ihr noch in den Gliedern.

Für den Gottesdienst war es inzwischen zu spät. Marie blieb noch eine Weile bei Emma im Zimmer, bis diese aufstand und sich anzog.

„Geh nur zu Alma", munterte Emma ihre Freundin auf. „Es geht mir wirklich wieder gut!"

Sie erzählte zwar, wie elend sie sich gefühlt hatte.

Aber nicht, wie viel Angst sie gehabt hatte.

An diesem Tag blieb es ungewohnt still im Haus. Ans Café-Gehen dachte heute keiner.

Lina war zwar wie immer sonntags Essen gegangen, kam aber ziemlich bald wieder zurück. Sie blieb den ganzen Tag in ihren beiden Zimmern.

Hilde hatte sich in den Garten gesetzt, sie häkelte und unterhielt sich mit Huhn Berta.

Emma neben ihr holte immer wieder eines ihrer Hasen auf den Schoß, um es zu streicheln. Die Tiere waren eine spürbare Beruhigung für sie.

„Das ist die Gnade, dass ihr nichts vom Sterben wisst. Nur wir Menschen müssen uns mit dieser Tatsache auseinandersetzen, nur wir Menschen", erklärte sie ihnen in Gedanken.

Marie war zuerst bei Kuh Alma gewesen und dann in den Wald gegangen.

Sybille hatte eine Weile in ihrer Wohnung Klavier gespielt und sich dann in ihrem Schlafzimmer einen Film nach dem anderen angeschaut.

Erst am Abend kehrte bei allen wieder Entspannung ein. Die Frauen trafen sich an Linas rundem Tisch zum *Schwätzen*. Der Vormittag wurde nochmals durchgesprochen, und Emma wurde nochmals ermahnt, künftig besser auf ihren Blutzuckerspiegel zu achten.

Und natürlich kamen sie wie immer auf früher zu sprechen. Erinnerungen an die Kindheit.

Wie lang und sorglos waren da die Sommer gewesen! Wie sie den Wolken zugeschaut hatten, wie sie weiterzogen und sich dabei in die lustigsten Formen veränderten. Und die vielen Blumen in den Getreidefeldern, der rote Klatschmohn, die blauen Kornblumen, die weißen Winden. Und wie viele Käfer hatte es noch gegeben! Legte man sich auf der Wiese ins Gras, was war das für ein Summen und Krabbeln gewesen! Und die vielen Schmetterlinge! Damals hatten die Leute auch noch viel mehr Blumen in ihren Gärten. Und über den Zäunen hingen ganze Büschel von Rosen.

Und wie sie als Kinder Lehm aus der Lehmgrube geholt und daraus kleine Männchen und Tiere auf dem Bauernhof geformt hatten! Fast alle Tiere sahen gleich aus, die Pferde, die Kühe, die Schafe, die Katzen. Nur die kleinen Mäuse konnte man immer gut erkennen. Aber wenn alle zusammen lange im Regal herumgestanden hatten, waren der gesamten Menagerie mit der Zeit die winzigen Schwänzchen und die staksigen Beinchen weggebrochen. Ließ man sie trotzdem im Regal, war mit der Zeit alles wieder zu Staub geworden.

Bevor die Frauen auseinandergingen, bat Emma darum, doch noch gemeinsam einige Abendlieder zu singen. Zum Schluss holte sie ihr Gesangbuch. „Lasst mich noch den Abendsegen mit euch beten."

Alle nickten und falteten ihre Hände.

Die Frauen redeten nicht viel über Gott und ihren Glauben. Aber jede von ihnen hatte sich eine kindliche Form der Frömmigkeit bewahrt, eine, die nach Gott rief, wenn etwas passiert war, und ihm später auch dankte, wenn alles gut gegangen war. Die Theologie der Kirche überließen sie dem Pfarrer.

Vor dem Gebet blieb jede eine Weile still, dachte zurück an den vergangenen Tag und wie er jeder von ihnen die eigene unausweichliche Zukunft gezeigt hatte.

Dann las Emma den Abendsegen.

## Ein Interview

*Sommerende*

Einige Tage nach Emmas Unterzuckerung hatte ein Reporter vom WOB angerufen. Er wolle gerne die Frauen der Senioren-WG interviewen. Das WOB war eine Zeitung, die zu den Wochenenden kostenlos an alle Haushalte verteilt wurde.

Sybille hatte den Mann gefragt, woher er von der WG wisse. Ein Arzt aus der Kreisstadt habe ihn angerufen und ihm gesagt, das könne eine gute Story werden, war die Antwort.

„Das muss ich zuerst mit meinen Damen besprechen", hatte Sybille gesagt und den Reporter auf den nächsten Tag vertröstet.

„Ich rede aber nicht mit ihm", sagte Marie.

„Musst du auch nicht. Es genügt, wenn er mit einer von uns redet. Am besten mit Lina. Die kann das am besten!", sagte Emma.

Und so vereinbarte Sybille ein Treffen mit dem Reporter in der gemeinsamen Wohnküche der Pension.

„Kommen Sie herein!“, begrüßte sie ihn. „Das hier war früher die Pensionsküche, wir haben daraus eine Wohnküche gemacht. Hier frühstücken wir meistens gemeinsam, und wenn es was zu bereden gibt, sitzen wir auch hier.“

„Hübsch gemütlich haben Sie es hier“, lobte der junge Mann.

Sybille schaute sich ebenfalls um und versuchte, den Raum mit seinen Augen zu sehen. Die schmalen bunten Gardinen an den Fenstern, die viel Licht in den Raum ließen, der altmodische Küchenschrank, der noch von ihrer Großtante stammte, der uralte Holzherd mit Backofen und großem gussgrauen Ofenrohr, den sie unbedingt hatte behalten wollen – man wusste ja nie, wann einmal der Strom ausfiel –, dann an der längeren Wandseite die moderne Küchenzeile mit Kühlschrank, Herd, Spüle und einigen Küchenschränken darüber, neben der Tür das riesige Regal mit Vorratsgläsern, Dosen, Gewürzen, Tüten und Beutelchen und mitten im Raum der große hölzerne Tisch, auf dem noch der Blumenstrauß vom Sonntag stand, unter der Vase ein gehäkeltes Deckchen von Hilde.

„Eine gute Mischung aus altmodisch und modern!“, nickte er anerkennend, als er die Mikrowelle entdeckte.

Nacheinander kamen Lina, Emma, Hilde und Marie in die Küche. Alle machten sie einen leicht aufgeregten Eindruck, sogar Lina.

„Kaffee für alle?“, fragte Sybille in die Runde. Zustimmendes Nicken.

Lina stellte noch eine Schale Gebäck auf den Tisch.

„Selbst gemacht?“, fragte der Reporter interessiert.

„Selbst gekauft.“

„Darf ich das Gespräch mitschneiden?“ Er schaute sich in der Runde um. Alle nickten.

„Dann fang ich mal bei Ihnen an.“ Damit meinte er Sybille. „Wie kamen Sie auf die Idee, eine Senioren-WG mit Nutztieren zu gründen?“

„Ich kam gar nicht auf die Idee. Es hat sich einfach so ergeben.“ Sybille schaute hinüber zu Lina. „Vielleicht erzählst du einfach, wie es angefangen hat.“ Lina nickte.

Sie erzählte, wie sie selbst sich noch recht rüstig gefühlt hatte, aber ihr großes Haus mit dem Garten nicht mehr bewältigen konnte. Im Sommer der Garten, der Rasen, im Haus die vielen Zimmer, im Winter der Schnee und das Glatteis und die Sorge, dass nichts einfror. Das alles sei ihr zu viel geworden.

„Und das mit den Tieren?“

„Auch das hat sich ergeben. Emma ist meine Freundin, der ging es genauso wie mir, ihr wurde auch alles zu viel, aber sie hatte ihre Hasen, die wollte sie nicht schlachten, auch Hilde schaffte es fast nicht mehr, aber Huhn Berta sollte nicht im Kochtopf landen, und Marie, das ist Emmas Freundin, die haben wir geholt, denn sie hat den Bauernhof gar nicht mehr gepackt, wollte aber ihre Kuh Alma nicht zum Schlachter bringen", erklärte Lina dem jungen Mann in einem Atemzug.

Die alten Damen nickten einträchtig.

Marie bekam Tränen in die Augen. Zu frisch waren noch die Erinnerungen.

Der junge Reporter wurde etwas verlegen. Aber Linas Kurzfassung der Geschichte war ihm zu wenig.

„Ich habe nicht so genau begriffen, wie das alles seinen Lauf genommen hat. Darf ich Ihnen allen deshalb etwas vorschlagen? Ich mache jetzt ein ganz normales Gruppenfoto von Ihnen, das veröffentlichen wir mit einem Kurztext über Ihre ‚Senioren-WG mit Nutztieren'. Nächste Woche würde ich dann gerne mit einem Fotografen wiederkommen. Dann mache ich ein Interview jeweils mit einer Einzelnen von Ihnen, die erzählt dann unseren Lesern ihre eigene Geschichte oder die Geschichte ihres Tieres. Von denen machen wir dann auch Fotos. Wären Sie damit einverstanden?"

Die alten Damen sahen sich an und nickten.

„Das wäre dann eine Reihe von vier Interviews. Aber ich möchte Ihnen jetzt schon sagen, was Sie hier begonnen haben, das ist etwas ganz Außergewöhnliches!"

„Ich denke, es werden fünf Interviews. Denn bald zieht Anna mit ihren Gänsen ein", fügte Sybille hinzu.

„Gänse?"

Sybille nickte. „Ja, Anna kommt mit vier Gänsen."

Der junge Reporter bekam große Augen. Ohne Zweifel, er war beeindruckt.

## *Anna zieht ein*

*Sommerende*

Als Sybille Anna kennen lernte, war sie ob ihrer Figur erschrocken. Selten, höchstens in alten amerikanischen Filmen, hatte sie eine Frau mit so breiten Hüften gesehen. Dadurch sah Anna sehr dick aus – aber sie war es nicht. Sie sah eben nur so aus.

Von der Natur war sie so gebaut, um viele Kinder zu gebären. Aber Anna hatte keine Kinder.

Anna war auch nicht verheiratet und war es nie gewesen.

Sie war immer allein gewesen.

Was den Eindruck dieses Dickseins zusätzlich verstärkte, war Annas unvorteilhafte Kleidung: Sie trug eine dieser altmodischen Kittelschürzen mit kleinen Blümchen, zwei aufgenähten Taschen und einem Bindegürtel aus Stoff. Sybille wusste gar nicht, dass die überhaupt noch hergestellt wurden.

An ihrem Umzugstag hatte Anna ihre Gänse im Stall gelassen. Diese hätten sonst allen den Zugang zu ihrem Hof verwehrt. Hans-Jörg und Peter halfen. Wieder einmal!

Aus dem Dorf war noch Hannes gekommen, ein Bekannter von Lina. Hannes besaß ein Pferdefuhrwerk mit einem Haflinger, den er vor den Wagen spannte. Darauf luden Hans-Jörg und Peter die wenigen Habseligkeiten, die Anna in die Pension mitnehmen wollte. Das war in etwa so viel, wie andere Menschen für einen Kurzurlaub zusammenpacken. Der Heilige Franziskus hatte sicher nicht viel weniger gehabt. So betrachtet, hätten sie die Hilfe von Hannes gar nicht gebraucht.

Peter war mit seinem Viehanhänger gekommen, um die vier Gänse zu transportieren.

Es war ein Bild von Urvertrauen, das sich allen bot, als Anna den Gänsestall öffnete. Die vier Gänse kamen mit Geschnatter auf sie zu und drängelten sich an sie. Es waren leuchtend-weiße Tiere mit orangefarbenen Schnäbeln, gelben Füßen und nur ein wenig Schwarz an einigen Federspitzen. Zwei waren etwas größer und älter, zwei noch jung und kleiner.

Anna begrüßte jedes einzelne Tier und redete mit unverständlichen Worten auf es ein. Das Ergebnis war, dass die Tiere ihr nachliefen, als sie zum Transporter ging. Aufgeregt schnatternd blieben sie davor stehen. Nun warf Anna etwas Getreide in den Anhänger, und vertrauensvoll ließen sich die Gänse auf diese Weise von ihr hineinlocken.

Danach stieg Anna bei Sybille ein.

Peter hatte neben seiner Hühnerwiese ein Areal eingezäunt und den Gänsen einen einfachen Verschlag gebaut, in den die Tiere abends getrieben werden konnten, wie sie es gewohnt waren. Sie sollten solange bei Peter unterkommen, bis man auf dem Pensionsgelände einen geeigneten Standort gefunden hätte.

Schwerfällig stieg Anna aus Sybilles Wagen – nicht nur wegen ihrer Körperfülle. Während der Fahrt hatte Sybille gesehen, dass Anna so extrem dicke Füße und Beine hatte, dass das Geschwollene ihrer Unterschenkel über die Riemen ihrer weiten Sandalen quoll.

Ob sie Wasser in den Beinen hatte? Oder waren das diese berüchtigten dicken Beine, an denen so viele alte Menschen litten? Sybille traute sich nicht, Anna darauf anzusprechen.

So schnell Anna konnte, lief sie zum Viehtransporter. Aus dem Anhänger drang lautes Gänsegeschrei. Natürlich. Die Gänse waren im Dämmerlicht des Anhängers eingesperrt gewesen, etwas, das sie noch nie erlebt hatten. Anna rief ihre Namen, und Peter öffnete den Anhänger. Sofort stürzten die Gänse sich auf Anna, als hinge von ihr ihr eigenes Leben ab.

Und so war es ja auch.

Ihr Leben hing von Anna ab.

Solange Anna sie versorgen konnte, solange konnten diese Tiere leben.

Wie Emmas Hasen.

Wie Hildes Huhn.

Wie Maries Kuh.

Sybille würde in Zukunft kennen lernen, dass man Gänse streicheln konnte, ihre Hälse konnte man umarmen, und ihr Beißen war nur ein leichtes Zwicken. „Wir sind eine Herde", drückten sie aus, wenn sich ihre Körper dicht an den vertrauten Menschen drängelten.

Ein Gemälde von Edward Hicks fiel Sybille ein, „Friedensreich" hieß es. In einer Vision des Propheten Jesaja lebten Menschen und Tiere friedlich zusammen[2]. Heute wurden die Raubtiere aus ihren Lebensräumen vertrieben

[2] Edward Hicks (1780–1849) malte zu den Bibelstellen Jesaja 11,6 u. 65,25 (Dann werden die Wölfe bei den Lämmern liegen …) unter dem Thema „Das Königreich des Friedens" über hundert Versionen, 62 davon sind noch erhalten

und dadurch ausgerottet. Und an den Beutetieren wurde Raubbau betrieben, oder sie wurden in brutalster Stall- und Käfighaltung ausgebeutet.

Emma, Hilde und Marie hatten am Zaun der Gänsewiese schon auf Annas Gänse gewartet. Sybille beobachtete sie.

Wie unterschiedlich sie doch waren! Aber eines verband sie: Ihnen war es nicht egal, was aus ihren Nutztieren wurde. Die sollten leben dürfen.

## Annas Geschichte

*1945*

Es war im April 1945.

Annas Vater und ihr Bruder waren noch im Krieg, an welcher Front, das wusste sie nicht. Annas Mutter und sie hatten den Hof so gut es ging alleine weiter bewirtschaftet.

Jetzt, im April 1945, hatte der Krieg auch sie erreicht.

In Freudenstadt und unten im Kinzigtal trafen die ersten französischen Soldaten ein.

Als Kriegsgewinnler waren sie schrecklich, hatten sie doch ihrerseits unter den Deutschen als Besatzungsmacht unsäglich gelitten! Nun rächten sie sich.

Egal, in welches Dorf oder in welche Stadt sie kamen, sie verbreiteten Entsetzen und Leid. Tagelang plünderten sie, gingen in die Häuser und nahmen mit, was sie nur bekommen konnten. Sie requirierten das Vieh, und was sie nicht mitnehmen konnten, erschossen oder stachen sie ab. Kein Kommandant gebot ihnen Einhalt. Der Hass von vier Jahren Krieg entlud sich nun an der schutzlosen Bevölkerung.

Freudenstadt, die nächste größere Stadt in der Umgebung, wurde am 18. April von französisch-marokkanischen Truppen erobert. Weil es Widerstand in Freudenstadt gegeben hatte, wurde die Stadt fast völlig niedergebrannt.

Doch die Vernichtung der Habe war nicht das Schrecklichste.

Schlimmer waren die Vergewaltigungen. Ganze Familien sperrten sie in einen Raum. Dann vergingen sie sich an den Frauen und den Kindern. Nicht nur einmal, nein, so oft sie konnten.

Tagelang. Wollte einer aus der Familie helfen, wurde er niedergeprügelt. Wollte er immer noch helfen, wurde er erschossen.

20. April 1945.

Hitlers Geburtstag. In Deutschland gab es an diesem Tag keine Feier. Stattdessen verbrannte die Bevölkerung alles Eigentum, das irgendwie auf die SS hindeutete.

Es war dieser Morgen, der Annas Leben für immer prägen sollte. Marokkaner waren im Nachbarort angekommen. Einer der dortigen Einwohner war mutig genug, mit dem Fahrrad in Annas Dorf zu fahren, um dort die Einwohner zu warnen.

Schon den Ersten, die er unterwegs auf den Feldern antraf, schrie er zu: „Die Franzosen kommen, die Franzosen kommen! Schickt eure Weiber und Kinder in den Wald. Macht schnell!"

In Windeseile verbreitete sich diese Schreckenskunde. Alle Frauen und Kinder des Dorfes flüchteten in den Wald. Auf dem Weg dahin warnten sie auch die Einwohner, die weiter am Dorfrand wohnten. Aber in die Richtung, in der Annas Hof stand, flüchtete keiner, denn von dort kamen die Franzosen. Niemand wollte in ihre Hände geraten.

So kam es, dass Anna nicht gewarnt wurde. Annas Mutter hatte auf dem Feld gearbeitet und war mit den anderen Frauen in den Wald geflüchtet. Sie nahm wohl an, dass Anna nachkäme.

Anna war im Stall bei den Gänsen. Sie säuberte den Boden und steckte der brütenden Gans noch ein Extrafutter zu. Im Nest, unter dem Bauch der Gänsemutter, saßen die ersten kleinen Gänse, wenige Tage alt. Die anderen Gänse waren draußen im Hof.

Da kamen die ersten Marokkaner. Laut brüllend betraten sie den Hof und schossen sofort auf die Gänse. Anna hörte das Schießen der Soldaten und das Schreien der Tiere.

Bevor sie noch begreifen konnte, was geschah, flüchteten die Gänse schutzsuchend in ihren Stall. Anna drückte sich ganz hinten im Stall an die Wand.

An der Stalltür tauchte einer der Soldaten auf. Ein Schwarzer. Unter der Tür blieb er stehen. Anna hatte noch nie einen Schwarzen gesehen. Voller Angst duckte sie sich und ließ sich dann an der Wand auf den Boden fallen. Durch das Geflatter der Gänse konnte der Soldat an der Stalltür Anna nicht sehen.

Als er den Stall betreten wollte, rannte der Ganter todesmutig auf ihn zu und biss ihn. Der Soldat wehrte sich mit einem Schuss. Der Ganter, am Flügel getroffen, stürzte sich trotzdem nochmals auf den Eindringling. Ein zweiter Soldat kam hinzu und schoss mehrmals auf das Tier. Als der Ganter tot auf dem Boden lag, packte er ihn am Hals und zog ihn hinaus auf den Hof.

„Den nehmen wir mit für heute Abend, aber jetzt weiter ins Dorf. Los! Die Kameraden sind schon vorausgegangen“, sagte er auf Französisch.

Zwei Nächte lang hatten sich die Frauen und Kinder des Dorfes im Wald versteckt. Erst, als auch die letzten Soldaten aus der Umgebung weitergezogen waren, wagten sie sich wieder heim.

Während dieser ganzen Zeit war Anna bei den Gänsen im Stall geblieben, an der Wand kauernd, geschockt und voller Todesangst.

Als ihre Mutter heimkam, sagten beide nichts. Die Mutter fragte nicht, ob Anna etwas passiert sei oder warum sie nicht geflüchtet war. Und Anna fragte ihre Mutter nie, wo sie in diesen zwei Nächten gewesen war oder warum sie sie nicht zu sich geholt hatte. Auch später redeten beide nie über diese zwei Tage und Nächte. Ihr Verhältnis blieb für immer gestört.

So endete der Krieg in Annas Dorf. Nicht aber seine psychischen Auswirkungen.

Anna sprach kaum noch, und wenn, dann nur noch mit den Tieren, und insbesondere mit den Gänsen.

Am 30. April, zehn Tage nach dem Durchzug der französisch-marokkanischen Soldaten, hieß es im Radio: „Zwischen 15.00 und 15.30 Uhr hat sich Adolf Hitler erschossen.“

Anna schwieg.

Am 8. Mai 1945: Kapitulation der deutschen Wehrmacht.

Annas Vater war noch in den letzten Kriegstagen gefallen.

Auch dazu sagte sie nichts.

Als ihr Bruder aus der Kriegsgefangenschaft heimkehrte, begrüßte sie ihn kaum.

Später zog er mit seiner Frau nach Kassel. „Auch wenn ich nicht mehr auf dem Hof wohne, ich will, dass du *das Sach* zusammenhältst“, sagte er. „Das hat alles seinen Wert!“

Als die Mutter starb, weinte Anna nicht.

Vor ihrem Tod hatte diese ihrer Tochter nochmals aufgetragen: „Du musst alles aufheben für deinen Bruder! Als Bub gehört ihm alles! Hörst du?"

Nach dem Tod der Mutter blieb für Anna die Zeit stehen.

Sie veränderte nichts auf dem Hof, baute niemals um und warf nichts weg. Die Bettwäsche, einmal als Aussteuer gedacht, verschimmelte. Die Kissen und Bettdecken, wertvoll mit echten Daunen vom Hof gefüllt, verklumpten. Sie rührte nichts an. Alle Sachen im Haus waren noch aus der Zeit vor dem Krieg. Sie warf nichts weg, veränderte nichts, kaufte auch nichts Neues dazu.

Ab und zu ließ sie im Wald einige Bäume schlagen, dann konnte sie Reparaturen am Haus bezahlen. Es war wichtig, dass die Dächer über dem Wohnhaus, dem alten Stall und der Scheune immer dicht waren.

Das hatte man ihr eingeschärft.

Im Haus selbst benutzte sie nur Küche, Schlafzimmer, Toilette und den Keller, draußen nur die Scheune und den Gänsestall. Die anderen Räume verstaubten.

In der Küche stand immer noch der uralte Holzherd ihrer Großeltern. Auf ihm kochte sie, mit ihm heizte sie. Warmes Wasser hatte sie nicht, das erhitzte sie auf dem Herd. Die Küche war auch der einzige Raum im ganzen Haus, den sie heizen konnte. Am dörflichen Leben nahm sie keinen Anteil, nur zum Einkaufen ging sie in den Ort.

Doch im Dorf schritt die Zeit weiter und die Menschen entfernten sich immer weiter von ihr. Nur die Schulfreundinnen Emma und Lina hielten zu ihr noch Kontakt.

Nach Jahren kam ihr Bruder mit seiner Frau und seinen drei Kindern einmal zu Besuch. Was er sah, war ein alter, dem Verfall preisgegebener Hof. „Da ist nichts zu holen", sagte seine Frau. „Falls sie vor dir stirbt, bekommst du nur noch den Wert des Grundstückes!"

Anna musste einige Äcker verkaufen, um ihren Bruder auszuzahlen. Danach hörte sie nichts mehr von ihm.

Sie wurde zunehmend schwach und herzkrank. Was an Wiesen und Äckern noch übrig geblieben war, konnte sie nicht mehr selbst bewirtschaften, darum musste sie verpachten. Doch der Pachtzins war so gering, dass sie sich von da an kaum noch etwas leisten konnte.

Eigentlich musste man wohl sagen, dass Anna in totaler Armut lebte.

Ihr einziger lebenslang gehüteter Besitz blieben die Gänse. Und lieber hungerte sie, als nicht genügend Gänsefutter auf dem Hof zu haben.

Irgendwie schienen die Gänse diese Liebe zu spüren. Nie wurde eine Gans geschlachtet. Sie waren zu Anna zutraulich wie junge Hunde. Wenn Anna einmal im Dorf war und dann wieder heim auf den Hof kam, wurde sie von ihren heranstürmenden Gänsen begrüßt, als wäre sie Tage und nicht Stunden weg gewesen.

Anna heiratete nie. Vielleicht hätte so mancher an ihr Interesse gehabt, aber sie wich allen Männern aus. Vor dem Krieg war sie sonntags in die Kirche gegangen. Nach dem Krieg hörte sie damit auf. Zu sehen war sie nur noch, wenn sie im Garten oder auf ihrem Kraut- und Kartoffelacker arbeitete oder bei den Gänsen auf der Streuobstwiese saß.

Nur Emma und Lina ließ sie in die Wohnung. Die beiden sagten nie etwas, wenn sie die verarmten Räume sahen. Aber sie brachten Anna immer etwas zu essen mit, Schinken, den man lange aufhängen konnte, oder geräucherte Würste und Wurstdosen, wenn sie geschlachtet hatten, manchmal auch Käse oder Fischkonserven. Und von jedem Fest brachten sie ihr Essen in Schüsseln und Torte und Kuchen für viele Tage.

Einladen ließ Anna sich nie.

Als sie im Alter wegen ihrer geschwollenen Füße nicht mehr so gut die Treppe hinauf- und hinuntergehen konnte, organisierten Lina und Emma ihr immer wieder abwechselnd ein Schulkind, das ihr Holz aus der Scheune holte und oben im Flur vor der Küche stapelte.

Und jetzt hatten sie Anna zu sich in die WG geholt.

## Alltag in der WG

*Sommerende*

In der Pension hatte sich ein ziemlich geregeltes Leben der alten Damen eingestellt. Seit einiger Zeit kam Schwester Renate ins Haus, sie war eine evangelische Diakonisse. Früher waren mehrere Diakonissen im Dorf gewesen, und nur sie, als einmal die Jüngste, war noch übrig geblieben. Wer im „Krankenverein“ war, wurde von ihr wie von einer Krankenschwester versorgt. Jeden Morgen kam sie, um Annas Beine zu wickeln.

Sybille, selbst katholisch, aber längst nicht mehr so fromm wie in Jugendjahren, freute sich jeden Morgen auf Schwester Renate und den kleinen Schwatz mit ihr. Sie hatte einen Hausschlüssel bekommen, so waren alle unabhängig.

Anna hatte sich in ihrem kleinen Zimmer sehr gut eingelebt. Auf einer Doppelkochplatte kochte sie sich jeden Nachmittag etwas mit Kartoffeln, und abends vesperte sie. Wenn sie Butter verwendete, dann kam sonst nichts auf das Brot, höchstens Salz oder Senf. Wenn sie eine Scheibe Wurst – eine! – oder eine Scheibe Käse – eine! – darauflegte, dann kam nichts darunter, höchstens einige Zwiebelringe, und manchmal dünne Scheiben einer Salzgurke obendrauf.

Mit Fisch hatte sie es nicht so.

Inzwischen hätte Anna sich ein besseres, zumindest abwechslungsreicheres Essen leisten können, denn sie hatte jetzt relativ viel Geld: Ein Anwalt ihres Bruders hatte den Hof, alle Grundstücke und das kleine Stück Wald an einen Schäfer verkauft. Aber auch sie hatte Angst, etwas von dem Geld auszugeben. Wer wusste, was einmal das Altersheim kostete!

Von den Äpfeln ihrer ehemaligen Streuobstwiese hatte sie ein kleines, angebrochenes Fass Most mitgebracht, davon trank sie abends, aber mit sehr, sehr viel Wasser verdünnt. Der letzte eigene Most musste lange halten.

Lina dagegen hatte gleich ein großes Fass Most in den gemeinsamen Keller gestellt und teilte ihn großzügig mit allen. Sybille musste den sauren Geschmack allerdings erst noch schätzen lernen!

Annas Gänse waren untertags noch auf Peters Wiese neben den Hühnern untergebracht. Den Unterschlupf, den ihnen Peter aus ein paar alten Brettern zusammengezimmert hatte, hatten sie schon am ersten Abend angenommen. Der Dorfschreiner würde ihnen einen Stall bauen, so einen runden, altmodischen Gänse-Holzstall, er würde dann ganz in der Nähe von Huhn Berta und Emmas Hasen aufgestellt. Im Augenblick aber hatte der Schreiner noch so viele Aufträge, dass es sich mit dem Gänsestall zeitlich hinzog.

Bis dahin lief Anna jeden Morgen hinüber auf die Gänsewiese. Dazu musste sie das gesamte Grundstück der Pension durchqueren und dann noch einem längeren Trampelweg auf Peters Wiese folgen. Sybille hatte sie dabei mehrmals beobachtet, Anna schaffte die Strecke kaum. Und seit einiger Zeit kam noch etwas Unerwartetes hinzu: Der Bereich für die Gänse war durch einen relativ stabilen Steckzaun mit einem Gatter eingezäunt. Wenn nun Anna dieses

Gatter nicht schnell genug hinter sich schloss, dann wurde sie zwar zuerst aufs Freudigste und Lauteste von ihren Gänsen begrüßt, doch danach stürmten sie an ihr vorbei, raus aus dem Gehege und hinüber zu Hans-Jörgs und Peters eingezäuntem Löschteich, um mit Geschrei zum Flug darüber anzusetzen und schließlich in der Nähe des Wassers zu landen. Und dort wollten sie bleiben. In ihrem ganzen Gänseleben hatten sie nicht so einen tollen Teich gehabt.

Hans-Jörg hatte den kleinen Teich einst für seine Tochter angelegt. Er hatte geglaubt, ihr damit eine Freude zu machen. Aber weder seine Frau noch seine Tochter konnten damit etwas anfangen. Die Fische darin fanden keine Beachtung, und das Schilf, das er angepflanzt hatte, war ihnen zu langweilig. Ein Swimmingpool wäre es wohl gewesen. Aber das war finanziell nicht gegangen.

Nun aber kam der Teich zur vollsten Beachtung. Die vier Gänse tranken aus ihm, watschelten am Rand entlang, liefen laut schnatternd durch das Schilf, suchten nach Schnecken und Würmern, schwammen auf ihm, gründelten voller Ausdauer und legten sich dann an den Rand des Wassers, um sich zu sonnen.

Anfangs war Anna schrecklich aufgeregt gewesen. Was würden Hans-Jörg oder Peter dazu sagen? Würden sie verbieten, dass die Gänse überhaupt auf der Wiese blieben? Aber Peter beruhigte sie. Die Gänse durften bleiben, und für den Teich würde man eine Lösung finden. Ganz sicher!

Trotzdem. Nur eine Weile ließ Anna sie dort am Wasser, danach trieb sie sie in ihr Gehege zurück. Dazu jedoch hatte sie fast keine Kraft mehr. Ihr Herz hielt diese Belastung nur schwer aus, und das Wasser in den Beinen machte jeden Schritt mühselig und schwer.

Sybille wollte da gar nicht mehr hinsehen.

Ein Rollator wäre gut, dann könnte Anna sich immer wieder hinsetzen.

Aber Sybille hatte sich geschworen, dass sie sich auf gar keinen Fall mit irgendwelchen Ratschlägen einmischen würde. Hoffentlich würden auch Lina oder Emma die Situation beobachten und auf ihre Art eingreifen.

Bei schönem Wetter schleppte Anna sich mittags in den Wald und setzte sich auf einen Stapel Baumstämme, die irgendwann einmal dort abgelagert und nie abgeholt worden waren; an kühleren Tagen saß sie am Waldrand in der Sonne und schaute vor sich hin. Manchmal kam Peter vom Hof rüber und setzte sich neben sie, und für eine Weile war er auch so stumm wie sie. Dieses stille Nebeneinandersitzen schien Anna gutzutun.

Auch Marie ging jeden Morgen hinüber zum Öko-Hof, um dort Kuh Alma zu versorgen. Und wenn Alma mit Kyly auf der Weide war, zog Marie sich eine Wetterjacke über und setzte sich an den Rand der Wiese. Auch sie musste anscheinend noch vieles aus ihrem Leben verarbeiten, sie brauchte keine unterhaltsame Beschäftigung. Der Friede, den die weidenden Tiere ausstrahlten, genügte ihr.

Emma hatte es zu ihren Hasen nicht so weit wie Anna zu ihren Gänsen und Marie zu Kuh Alma. Der neue, eigens angefertigte Hasenstall, eigentlich eine Hasenvilla mit zwei Etagen und integriertem Auslauf, stand direkt an der Wand eines nur noch für die Aufbewahrung von Werkzeug genutzten Gartenhauses, inmitten eines nieder eingezäunten Wiesenstückes, das einst ein Rasen gewesen war. Jeden Morgen, noch vor ihrem eigenen Frühstück, schaute Emma nach ihren Hasen und fütterte sie. Und danach war sie ja mit ihren Geranien völlig ausgelastet. Fast einen halben Vormittag täglich brachte sie damit zu!

Hilde dagegen pflegte zuerst zu frühstücken. Aber danach kam sofort Huhn Berta dran. Auch aus Bertas Behausung war mehr als ein einfacher Hühnerstall geworden. Ebenfalls angelehnt an die Gartenhauswand, öffnete der Stall sich in ein umzäuntes Gelände mit Baum, Büschen und teilweise grasfreien Bodenflächen mit Sand, so dass das Huhn Kuhlen scharren und sich im Sand baden konnte.

Die kleine Anlage hat Hannes gemacht, eine Seele von einem Rentner.

Im Übrigen war auch für Bertas Zukunft als Bruthenne vorgesorgt. Im kommenden Frühjahr würden ihr Eier von Peters Hühnern untergelegt. Die konnte sie dann ausbrüten und beglucken.

Nach Huhn Berta pflegte Hilde die Hochbeete. Alle hatten damals beim Kauf der Salat-, Tomaten-, Buschbohnen- und Kräutersetzlinge zusammengelegt. Jetzt durfte sich jede holen, wann und wie viel sie wollte. Es klappte reibungslos.

Es war ein fast greifbarer Friede im Haus.

Manchmal bekam Sybille Angst, etwas könne diese Idylle zerstören. Ihren Traum einer Seniorenresidenz hatte sie mittlerweile aufgegeben. Sie spürte, dass die Idee zu dieser Senioren-WG Zukunft hatte. Sie ahnte aber auch, dass die unausweichlichen Trennungen von ihren *Bewohnern auf Zeit* ihr immer wieder Schmerzen bereiten würden. Und zugleich staunte sie, mit welcher Intensität diese Frauen sich hier in der Pension eingerichtet hatten, als hätten sie noch so viel Zeit vor sich.

An Jahren waren sie alt, sie hatten ihre Gebrechlichkeiten, mussten mit Einschränkungen zurechtkommen. Aber sie waren nicht krank. Die Fachwelt sagt „Lebensphase III" dazu. Je nach Konstitution meinte dies zwischen sechzig und fünfundachtzig. Aber unweigerlich bewegten sie sich auf die letzte Phase, Lebensphase IV zu, die irgendwann bei jedem begann.

Sybille zwang sich, nicht immer dieses Schreckgespenst Tod hinter ihren Mitbewohnerinnen zu sehen. Sie wollte lernen, bewusster damit umzugehen, mit dem Tod der alten Damen, aber auch mit ihrem eigenen.

„Das Sterben gehört zum Leben, der Preis des Lebens ist der Tod." Lina sagte das immer.

Manchmal, am Abend, wenn Sybille die Lichter drüben aus Hans-Jörgs und Peters Wohnung scheinen sah, dachte sie an Hans-Jörg. Wie umgänglich war er doch gewesen, als er mit Marie diese Klauen-Maschine geholt hatte. Wie hilfreich war er in den letzten Wochen bei jedem Einzug einer Seniorin gewesen.

Gerade, wenn sie von ihren Zukunftsängsten geplagt wurde, dachte sie an ihn. Er strahlte für sie etwas Starkes aus, etwas Haltgebendes. Aber wenn sie sich zufällig begegneten, waren beide recht sprachlos. Sie grüßten sich, er fragte vielleicht noch, wie es den alten Damen ging, und den Tieren, sie fragte, ob mit der Ernte alles gut lief, ob das Wetter richtig war. Danach ging jeder von ihnen wieder seiner Wege.

Sybille wäre gerne einmal länger stehen geblieben.

## Binokel

*Frühherbst*

Gute Gewohnheiten geben Halt im Leben. Also hat pünktlich um zwölf Uhr das Essen auf dem Tisch zu stehen! Mittagessenszeiten sind heilig. Zwölf Uhr!

Oder: Ein Mittagsschläfchen im Alter tut gut, aber es darf nur kurz sein.

Oder: Am Nachmittag gibt's Kaffee und ein Stück Kuchen oder Hefezopf.

Ja, der Mensch ist ein Gewohnheitstier.

Gewohnheiten sorgen dafür, dass man nicht aus dem Tritt kommt!

Und darum musste auch an diesem Donnerstag der wöchentliche Binokel-Abend stattfinden. Lina bestand darauf. „Günter hätte das so gewollt!“, behauptete sie.

Günter gehörte zu denen aus dem Dorf, die sich bei Lina seit Jahren, vielleicht Jahrzehnten, donnerstags zum Kartenspielen getroffen und diesen Brauch auch in der Senioren-WG, an Linas großem Tisch im Wohnzimmer, fortgeführt hatten.

Gestern war Günter gestorben.

Er hatte noch in seiner Wohnung gelebt, aber angekündigt, im kommenden Jahr in die WG zu ziehen und kleine Hausmeisteraufgaben zu erledigen. Dafür sollte er dann weniger Miete zahlen.

Günter hatte an einer Kaffeefahrt zum Bodensee teilgenommen. Aus noch nicht entdeckten Gründen hatte der Bus während der Fahrt auf der Autobahn Feuer gefangen. Der Fahrer konnte den Bus noch zum Halten bringen, und alle Insassen konnten auch noch aussteigen. Günter war der letzte gewesen, hinter ihm waren schon die Flammen hochgeschlagen. Der Fahrer scheuchte seine Fahrgäste weg vom Bus und hinter die Schutzplanken. Beim Übersteigen dieser Schutzplanke war Günter dann zusammengebrochen. Alle halfen, ihn aus der Gefahrenzone zu ziehen. Weit entfernt vom lichterloh brennenden Bus legten sie ihn hin. Ohnmächtig, sagten sie, er sei vor Aufregung ohnmächtig geworden. Er hatte ja auch am längsten warten müssen, bis er aussteigen konnte. Sie schüttelten ihn, klopften ihm auf die Wangen, riefen ihn mit Namen. Aber Günter war tot.

Ein Herzinfarkt, wurde später festgestellt.

So war Günter vorgestern im Sarg zurückgekommen und lag jetzt aufgebahrt in der Leichenhalle. Und heute saßen seine Freunde aus der Spielgruppe wie immer am Tisch, mischten die Karten, spielten, legten ab, schrieben Punkte auf und sammelten Zehn-Cent-Stücke für verlorene Spiele ein.

„Es bringt nichts, wenn wir jetzt nur herumsitzen und Trübsal blasen. Es ist immer besser, wenn man so weitermacht wie bisher. Das hilft“, sagte Lina.

„Aber ihm nicht mehr“, widersprach Emma vom Sofa aus.

„Ihm kann sowieso gar nichts mehr helfen. Aber uns!“, behauptete Lina.

Scheinbar ungerührt hielt sie den Kartenstapel in der Hand und mischte. Es war schon immer interessant gewesen, ihr dabei zuzuschauen. In der linken

Hand die eine Hälfte des Stapels, in der rechten die andere Hälfte, und schon ließ sie die Karten gut ineinander laufen. Sie machte es einfach eindrucksvoll. Auch an diesem Abend.

„Es ist gut, dass man nicht weiß, wann und wie man stirbt", setzte sie noch hinzu. Dann teilte sie die Karten aus.

„So alt war der Günter eigentlich noch nicht", sagte Hilde vom Sessel aus.

„Nächstes Jahr wäre er achtzig geworden", sagte Linas Spielnachbarin.

„Immerhin! Früher ist man nicht so alt geworden."

„Heute wird man einfach älter. Man ist von der Arbeit nicht so abgewirtschaftet."

„Du bist dran!", sagte Lina zu einer Spielerin ihr gegenüber.

„Was?"

„Du bist dran!", wiederholte Lina.

Beim Spielen duldete Lina keine Unkonzentriertheit oder gar unnötige Schwätzereien. Auch nicht heute Abend.

Stumm begann die neue Spielrunde.

„Am letzten Donnerstag ist er noch dabei gewesen. Er hat so gesund ausgesehen." Hilde war immer noch fassungslos. „Er war doch schlank, und er ist auch regelmäßig wandern gewesen", fügte sie hinzu.

„Da siehst du es, es hat ihm auch nicht geholfen!" Emma guckte vorwurfsvoll in die Runde. Als Übergewichtige musste sie sich immer wieder kaum versteckte Vorwürfe zu diesem Thema anhören.

Hilde zitierte aus der Bibel: *„Ein Mensch ist in seinem Leben wie Gras, er blüht wie eine Blume auf dem Feld; wenn der Wind darüber geht, so ist sie nimmer da, und ihre Stätte kennt sie nicht mehr."*[3]

Alle im Raum nickten.

Auch Lina.

Dabei fiel ihr Blick auf die kleine Blumenvase vor dem Spiegel, die sie nicht mit frischen Blumen gefüllt hatte. Die alten hingen verwelkt in der Vase. … *er blüht wie eine Blume auf dem Feld …*

Aber dann schaute sie sofort wieder ihre Mitspielerin gegenüber an und drängte: „Auf! Weiter! Du bist dran!"

---

[3] Psalm 103,15-16. Aus: Die Bibel, nach der Übersetzung Martin Luthers. Bibeltext in der revidierten Fassung von 1912.

Sie spielten an diesem Abend so lange, wie sie es auch sonst seit Jahren taten, bis 22.30 Uhr. Dann wurde, ebenfalls dem eigenen Brauch folgend, jedem ein Likör oder ein Schnäpschen eingeschenkt.

„Können wir nicht noch etwas aus der Bibel lesen?", fragte Hilde. „Den Text *Alles hat seine Zeit?"*[4]

Lina nickte, holte ihre Bibel und gab sie Hilde.

*„Ein jegliches hat seine Zeit, und alles Vorhaben unter dem Himmel hat seine Stunde: geborenwerden hat seine Zeit, sterben hat seine Zeit"*, begann Hilde zu lesen. Alle im Zimmer senkten ihre Köpfe und falteten die Hände.

Was mochte in ihren Köpfen vorgehen? Erinnerungen an die Menschen, die sie im Laufe ihres Lebens geliebt und verloren hatten? Erinnerungen an ihre Kindheit, wie viel Freude und wie viel Schönes sie erlebt hatten?

Hilde las weiter: *„... Da merkte ich, dass es nichts Besseres dabei gibt, als fröhlich sein und sich gütlich tun in seinem Leben. Denn ein Mensch, der da isst und trinkt und hat guten Mut bei all seinem Mühen, das ist eine Gabe Gottes."*

Essen und Trinken und guten Mutes sein. Was war aus den Träumen von einem schönen Leben geworden? Unendlich viel Mühe hatte ihnen dieses Leben gebracht! Diese Sorgen um die Angehörigen in der Kriegs- und Nachkriegszeit, der Kampf um den Aufbau einer Existenz, dazu Krankheit und Kummer, endlos viel Arbeit. Die vielen zwischenmenschlichen Auseinandersetzungen mit Streit und Neid und Lüge.

Und immer wieder die Begegnung mit dem Tod, der Eltern, unzähliger Mitmenschen, von Freunden, und der Verlust des Ehepartners. Und geradezu spürbar nahte auch der eigene Tod.

Hilde las weiter: *„... Wer weiß, ob der Odem der Menschen aufwärts fahre und der Odem des Viehes hinab unter die Erde fahre? So sah ich denn, dass nichts Besseres ist, als dass ein Mensch fröhlich sei in seiner Arbeit; denn das ist sein Teil. Denn wer will ihn dahin bringen, dass er sehe, was nach ihm geschehen wird?"*

Wenn man nur immer so fröhlich sein könnte, wie dieser Prediger in der Bibel sagte.

Bewegt verabschiedeten sie sich untereinander.

„Bis morgen zur Beerdigung."

„Und bis nächsten Donnerstag."

---

[4] Prediger Salomo 3,1-22. Aus: Die Bibel, nach der Übersetzung Martin Luthers. Bibeltext in der revidierten Fassung von 1912.

## Manfred und Arco

*Sommerende*

Wie doch eines das andere nach sich zog.

Eine fremde alte Frau stand eines Morgens an der Tür zu Sybilles Pension und sagte: „Ich will bei Ihnen einziehen!“, und binnen weniger Monate war daraus ein Wohnmodell für Senioren vom Land geworden. Für „rüstige Alte“, wie Peter sagen würde.

Eben war Sybille noch mittellos und allein, jetzt hatte sie ein regelmäßiges Einkommen inmitten von Menschen, die nicht nur für sich, sondern auch für ihre Nutztiere einen Lebensraum suchten. Leben mit Emma und ihren Hasen, mit Hilde und ihrem Huhn, mit Marie und ihrer Kuh, mit Anna und ihren Gänsen.

Trotzdem löste das Ende des Sommers auch in diesem Jahr ein emotionales Tief bei Sybille aus. *Wieder hatte sie das Gefühl, ihr Leben auch in diesem Jahr nicht ausgefüllt genug gelebt zu haben. Diese demotivierende Kalender-Spruchweisheit: Du kannst deinem Leben nicht mehr Tage geben, aber den Tagen mehr Leben.* Woher sollte sie solche Lebensinhalte nehmen, so dass sie am Ende des Jahres zufrieden und ausgefüllt zurückblicken konnte?

Zeitmanagement-Ratgeber im Internet erklärten ihr, wie sie ihre Tage effizient nutzen könne.

Selbsthilfebücher auf ihrem Nachttisch wollten ihr zu einer besseren Version ihrer selbst verhelfen.

Selbstoptimierungswahn!

Sie hatte sich wieder nicht genügend um die Erfüllung ihrer Wünsche gekümmert. Sie hatte sich wieder nur von äußeren Einflüssen bestimmen lassen. Sie hatte wieder unentschlossen zu viel vor sich hergeschoben.

Ihr war schon klar, dass sie sich mit den aufgedrängten Ansprüchen der Selbstoptimierung in ein Hamsterrad begeben hatte. Sie konnte niemals sagen: Jetzt reicht es. Sie konnte niemals zufrieden auf einen Tag zurückblicken und empfinden, intensiv genug gelebt zu haben.

Stattdessen musste sie sich mit denen vergleichen, bei denen immer etwas los war. Partys, Vereinsleben, Ausflüge, kurze Reisen, lange Urlaube, ständig irgendein Familienfest.

Und bei ihr?

War sie glücklich genug?

Erfolgreich genug?

Lebte sie gesund genug?

Schöpfte sie ihr ganzes Potential aus?

Tat sie, was sie wollte?

Einen ganzen Nachmittag lang lesen? Sich beim Frühstück die Geschichten aus dem Leben der alten Damen anhören? Den Tieren zuschauen, wie sie sich ihre neuen Lebensräume eroberten? Ab und zu an Hans-Jörg denken.

Konnte das genug sein?

Diese ätzende Endzeitstimmung!

Jedes Jahr mit den ersten kaum sichtbaren Frühnebeln über den Feldern stürzte Sybille in dieses emotionale Loch. Das Ganze ging zwar immer wieder wie ein böser Spuk vorbei, aber es machte sie doch immer wieder fix und fertig.

Eine ihrer Überwindungsstrategien war es dann, essen zu gehen, danach irgendetwas einzukaufen und zur Krönung noch im Bücherladen zu stöbern. Einige Bücher hatte sie bereits vorbestellt. (Keine Ratgeber!)

An der Kasse des Bücherladens stand Hans-Jörg. Sybille stolperte fast, als sie ihn sah.

Verlegen, so auf fremdem Terrain, was sollte man da sagen, wie sich verhalten? Auch Hans-Jörg wirkte nicht gelassen.

„Hallo, wie geht's?" Sybille war mit dieser Allerweltsfloskel etwas schneller als Hans-Jörg.

„Hallo, auch hier?" Gut reagiert, der Ball war wieder zurück bei ihr gelandet.

„Lesefutter, im Sommer brauche ich für die langen Abende viel Lesefutter!"

Hans-Jörg musste lachen. „Das brauche ich erst im Winter!"

„Aber du bist trotzdem hier im Buchladen." Neugierig, was sich der Welschkornbauer im Sommer wohl zu lesen kaufte, versuchte sie, einen Blick auf die Bücher zu werfen, die Hans-Jörg neben die Ladenkasse gelegt hatte.

„Der Chow-Chow, alles, was Sie über diese Hunderasse wissen müssen" war eines der Bücher, „Waldbaden – Gesundwerden im Wald" war das andere.

Hans-Jörg grinste und streckte ihr beide Bücher hin. „Das mit dem Waldbaden ist gerade ein neuer Trend, aber es scheint etwas dran zu sein. Gesundheitsdroge Wald! Ich will mich da mal etwas informieren."

Sie war erstaunt.

„Wie kommst du zu diesem Thema?", fragte sie ihn.

„Lange Geschichte. Darf ich dich zu einem Kaffee einladen?“ Hans-Jörg wirkte verlegen. „Ich warte aber gerne, bis du dir deine Sommerabendlektüre zusammengestellt hast.“

„Das dauert nicht lange, ich habe die Bücher bereits letzte Woche bestellt, ich muss sie nur noch abholen!“

Unweit der Buchhandlung war ein kleines Café, da gingen sie hin.

Nach den Bestellungen, er Kaffee, schwarz, sie Kakao, mit Sahne, begann Hans-Jörg zu erzählen.

Er hatte einen Studienfreund, Manfred hieß er, aber schon während des Studiums war er lungenkrank geworden. Anfangs konnte Manfred noch im Büro einer Forstwirtschaft arbeiten. Vor zwei Jahren musste er an der Lunge operiert werden, und danach war er nicht mehr auf die Füße gekommen. Er brauchte seit der Zeit außerhalb der Wohnung einen Rollstuhl und musste immer eine Sauerstoffflasche mit sich führen. Manfred war alleinstehend, hatte keine Familie, die ihn aufnehmen oder unterstützen konnte, und aufgrund der Erkrankung hatte er auch keine Freundin mehr. Weil er sich nicht mehr selbständig versorgen konnte, musste er in ein Pflegeheim. Ein Pflegeheim, in dem vorwiegend schwer kranke Senioren lebten. Betreutes Wohnen konnte er sich nicht leisten. Das große Drama aber war für ihn, dass er seinen Hund, einen Chow-Chow, in ein Tierheim hatte geben müssen.

„Warum hast du seinen Hund nicht genommen?“, fragte sie Hans-Jörg.

„Wir hatten uns aus den Augen verloren. Eigentlich ich ihn. Weißt du, Ehe, Kind, Aufbau des Hofes, Zusammenbruch der Familie, ich hab in all den Jahren noch nicht einmal mehr an ihn gedacht.“

„Und wie habt ihr euch wiedergetroffen?“, fragte sie.

„Ich bin durch Zufall an einen Schuhkarton mit Bildern aus dem Studium gekommen. Dann habe ich herumtelefoniert. Die von seiner letzten Arbeitsstelle haben mir das mit dem Pflegeheim gesagt. Da habe ich ihn angerufen. Am Wochenende will ich ihn besuchen.“

„Und das Buch über die Heilwirkung des Waldes, hat es mit ihm zu tun?“

„Mit ihm und mit dir!“

Sybille verstand nicht, was Hans-Jörg meinte.

„Ich will dich bitten, dass Manfred in deine Senioren-WG einziehen darf. Ich nehme den Hund, da hat er Auslauf und kann zu Manfred, wann und solange er will."

„Ein Hund?" Zeit ihres Lebens hatte Sybille Angst vor Hunden gehabt, und nun sollte ein Hund in ihrer Nähe frei herumlaufen? Schon beim Gedanken daran bekam sie Herzklopfen.

„Ein Chow-Chow", sagte Hans-Jörg.

„Ich habe Angst vor Hunden."

„Brauchst du aber nicht!"

„Chow-Chows sind groß. Sehr groß!"

„So groß nun auch wieder nicht!"

Sybille schwieg.

„Und was hat es nun mit dem Waldbaden auf sich?", fragte sie dann.

„Direkt an deinem Grundstück beginnt der Wald. Sich im Wald aufzuhalten, ist gesund und kann vielleicht auch Manfred helfen. Ich würde euch einen kleinen Weg richten lassen, gut benutzbar für Rollatoren und Rollstuhl."

„Du hast schon viel darüber nachgedacht", sagte sie.

„Das Tierheim ist nur zwei Stunden Fahrzeit weit weg. Wir könnten zusammen hinfahren. Wenn du den Hund siehst, vielleicht hilft es dir dann bei deiner Entscheidung?"

Am Samstag darauf fuhren sie in aller Frühe los. Ein Pfleger im Tierheim führte sie zu Manfreds Hund. In seinem Zwinger war er nicht gleich zu sehen, so weit lag er hinten an der Wand im Schatten. Ein graubraunes verfilztes Fellbündel, reglos, ganz flach atmend. Ein wenig war seine blaue Zunge zu sehen.

„Ist der Hund krank?", fragte Hans-Jörg den Pfleger.

„Nein. Arco hat nur sein Leben aufgegeben. Er macht nichts mehr, überhaupt nichts mehr. Er reagiert auf keine Reize mehr von außen. Manchmal frisst er nachts ein wenig, das ist aber auch alles."

„Hat ihn schon einmal ein Tierarzt untersucht?", fragte Sybille.

„Ja!"

„Und?"

Der Pfleger schaute sie an und sagte: „Wissen Sie etwas über Chow-Chows? So, wie Sie fragen, wissen Sie nichts über diese Hunderasse."

„Ich weiß nichts über Hunde, und schon gar nichts über Chow-Chows. Ich weiß nur, dass Hunde beißen können", antwortete sie.

Hans-Jörg mischte sich kurz ein und erklärte dem Tierpfleger die Situation des Hundes und den Anlass ihres Besuches.

Der Tierpfleger wandte sich an Sybille. „Chow-Chows sind sogenannte Einmannhunde. Sie prägen sich nur einmal auf einen Menschen. Aber wenn sie von diesem Menschen getrennt werden, schließen sie sich keinem anderen mehr an. Man kann sie noch halten, sie gehorchen auch, aber sie bleiben einem neuen Herrn gegenüber äußerst distanziert."

Hans-Jörg sah Sybille grübelnd an. „Eine Stunde Fahrt ins Pflegeheim zu Manfred? Wäre das drin?"

Sie nickte.

Das Pflegeheim, zu dem sie fuhren, war eine diakonische Einrichtung. Die Anlage um das Haus herum war liebevoll angelegt und gepflegt, aber nirgendwo saß einer der Einwohner, für den sie doch eigentlich gedacht war. In der Anmeldung sagte man ihnen Manfreds Zimmernummer. Dritter Stock, Einzelzimmer. Aber um diese Uhrzeit sei er sicher im Speisesaal. Inzwischen war Mittagessenszeit. Der Geruch des Essens überdeckte kaum den penetranten Geruch nach Urin.

Sie betraten den Speisesaal. Ungefähr zwölf Tische. Die Tische an den Fenstern waren für vier Leute ausgerichtet, die in der Mitte des Raumes für sechs. An der hinteren Wand war eine Theke, dort lagen die Nahrungsmittel, die sich die Bewohner selbst holen konnten oder ihnen von den Pflegerinnen gebracht wurden, wie zusätzliches Brot, Salat, Obst, Getränke. Daneben standen zwei Essenswägen, von dort wurde das Essen geschöpft.

Im Raum waren nur alte Menschen, die größtenteils stumm und teilnahmslos an ihren Tischen saßen. Einige murmelten ständig vor sich hin oder bewegten stereotyp Kopf oder Oberkörper hin und her. Nur wenige versuchten, das vor ihnen stehende Essen mit der Gabel oder dem Löffel zu sich zu nehmen. Es gelang ihnen kaum. Sie zitterten. Oder sie waren zu ungeschickt geworden. Das Essen fiel ihnen vom Löffel, zurück auf den Teller, auf den Tisch, in den Schoß.

An jedem Tisch saß eine Pflegerin und versuchte zu helfen oder zu füttern. Manche ließen sich helfen, konnten aber das Essen nicht im Mund behalten, es lief ihnen sofort wieder aus dem Mund. Ungelenk versuchten sie, sich den

Mund sauber zu wischen, aber sie schafften es nicht. Mund, Gesicht, Hände und Haare blieben verschmiert.

Einige wehrten sich gegen das Füttern.

Eine Frau warf ihren Essensteller auf den Boden.

Ein Mann schlug mit seinem Löffel immer wieder auf seinen Teller ein.

Ein anderer Mann lag mit seinem ganzen Oberkörper auf dem Tisch, hob immer wieder den Kopf und rief etwas. Sybille konnte es nicht verstehen.

An einem der Fenstertische saß Manfred. Ein großer Mann, vorgebeugte Haltung, einen ausgeleierten Jogginganzug tragend, abgemagert bis fast zum Skelett, die Sauerstoffflasche in einer Tasche am Rollstuhl.

Hans-Jörg eilte auf ihn zu. „Manfred!"

Langsam drehte Manfred den Kopf. Große Augen in einem eingefallenen, grauen Gesicht.

„Hans-Jörg!"

Die beiden sahen sich an und weinten.

Sybille war erschüttert.

Manfred wollte nicht mehr weiteressen. „Lass uns auf die Bude gehen!"

„Ja, auf die Bude. Weißt du noch, im Studentenwohnheim?"

Der Versuch eines lockeren Gesprächsstiles.

„In einem anderen Leben!", sagte Manfred.

Sein Zimmer war ziemlich klein, aber er hatte einen großen Fernseher, einen Schreibtisch mit Computer und allem Zubehör, eine Gitarre und ein Bücherregal, das fast die komplette restliche Wand einnahm. Aber nicht ein einziges Bild stand oder hing in diesem Raum.

Nach dem, was Hans-Jörg über die Zuneigung Manfreds zu seinem Chow-Chow erzählt hatte, hatte Sybille angenommen, in seinem Zimmer seien überall Bilder von Arco zu finden.

Sie setzte sich auf den einzigen Stuhl im Raum, Hans-Jörg setzte sich aufs Bett. Dann erzählte Hans-Jörg, dass er Arco gerne aus dem Tierheim holen und zu sich nehmen würde.

Wieder bekam Manfred Tränen in die Augen.

Hans-Jörg war verunsichert. „Möchtest du das nicht?"

„Doch, doch, ich bin nur so froh, dass jemand den armen Kerl erlöst."

Er rollte zum Schrank. „Hier, sein Geschirr. Seinen Fressnapf hat er im Tierheim. Und hier, die Leine. Spielsachen hat er keine, er wollte nie spielen, dazu ist er zu ernst."

Danach sah Manfred zu Sybille. „Sind Sie eine Freundin von Hans-Jörg?"

Hans-Jörg schüttelte den Kopf. „Nein, das ist die Nachbarin vom Grundstück. Ich habe sie gefragt, ob du bei ihr wohnen könntest."

Sybille spürte einen Stich im Magen. Die Nachbarin!

Sybille erklärte Manfred das Wohnmodell ihrer Senioren-WG, aber auch, dass die Pension eigentlich für noch rüstige, selbständige Senioren gedacht sei.

„Ich bin kein Pflegefall. Ich kann mir finanziell nur kein betreutes Wohnen leisten. Innerhalb einer kleinen Wohnung könnte ich noch selbständig leben, aber ich habe keinen Vermieter mit einer Erdgeschosswohnung gefunden, der einen wie mich aufnimmt, mit Rollstuhl und Hund."

„Ich weiß aber nicht, wie man es in der Pension so richten kann, dass Sie bei uns wohnen können", sagte Sybille.

„Ich kann ihm eine Rollstuhlrampe bauen, wenn man ein Zimmerfenster im Erdgeschoss zu einer Tür nach außen ausbauen könnte. Ich würde die Rechnung übernehmen!", sagte Hans-Jörg. „Und zum Putzen und Einkaufen kämen entweder Peter oder ich einmal die Woche."

Sybille nickte. „Das mit einer Tür statt einem Fenster, das ist eine gute Idee. Ich muss das aber erst von einem Statiker prüfen lassen."

„Über eine kleine Küchenzeile und eine bequeme Duschmöglichkeit denken wir dabei auch noch nach", ergänzte Hans-Jörg.

Es war, als begänne es in den Augen Manfreds zu leuchten.

„Hör zu", sagte Hans-Jörg zu Manfred, „wenn wir jetzt gleich wieder losfahren, können wir Arco noch heute aus dem Tierheim holen. Einverstanden? Alles andere können wir am Telefon weiter besprechen."

Manfred nickte. Reden konnte er nicht. Er war zu bewegt.

Er setzte noch ein Schreiben für das Tierheim auf, dass Hans-Jörg Arco mitnehmen könne. Dann verabschiedeten sich Sybille und Hans-Jörg.

Auf der Fahrt zurück zum Tierheim redeten sie nicht viel. Jeder hing seinen Gedanken nach. Manchmal warf Sybille einen Blick von der Seite auf Hans-Jörg. Das also war seine andere Seite. Aufmerksam, mitfühlend und entscheidungsstark.

Inzwischen hatte ein anderer Tierpfleger den Dienst bei den Hunden übernommen. Er rief sicherheitshalber bei Manfred an und vergewisserte sich, dass Arco abgeholt werden durfte. Hans-Jörg war schon bei dem Chow-Chow, um ihn aus seinem Zwinger zu holen. Der Hund schien sein Geschirr zu erkennen, das Manfred Hans-Jörg mitgegeben hatte. Er schnüffelte daran und ließ es sich dann von Hans-Jörg umlegen. Danach kam die Leine.

Ohne zu zögern, lief er neben Hans-Jörg zum Auto. Dort legte er sich auf die Rückbank und schloss die Augen.

## Am Teich

*Frühherbst*

Frühnebel lag über den Wiesen. Das Blau des Himmels war schon herbstlich klarer und kräftiger. Das Grün der Natur dagegen wurde bereits fahl.

Der Lärm der Handwerker drang durch das ganze Haus. Im Erdgeschoss wurde ein Fenster ausgebrochen, Baustützen sicherten die Außenwand. Die Außentür zu Manfreds Zimmer sollte in den kommenden Tagen eingebaut werden.

Sybille war aufgeregt. Es war das erste Mal, dass sie einen größeren Eingriff am Haus vornehmen ließ. Die Finanzierung war gesichert, die monatlichen Mieteinnahmen der Seniorinnen reichten für die vereinbarten Raten. Und die Rollstuhlrampe wollte ja Hans-Jörg übernehmen.

Morgens standen die alten Damen häufig bei den Handwerkern und hielten ein Schwätzchen. Sie kannten fast jeden der Männer, die hier arbeiteten. Die meisten von ihnen hatten sie als kleine Buben zur Schule gehen sehen. Zu ihrer Hochzeit waren sie in der Kirche gewesen. Jeden Tag richteten sie ihnen Kaffee und ein deftiges zweites Frühstück.

Anna war nie dabei. Mühselig humpelte sie mit ihren zwei Stöcken hinüber zum Öko-Hof, um ihre Gänse aus dem Stall zu lassen. Der neue Gänsestall war immer noch nicht fertig. Der Schreiner hatte Urlaub gemacht, und danach erledigte er weitere noch anstehende Arbeiten bei einem Hausbau im Dorf.

Es war für Anna eine fast über ihre Grenzen gehende körperliche Belastung, zwei Mal täglich den beschwerlichen und auch weiten Weg zu ihren Gänsen gehen zu müssen. Und seit einiger Zeit ließen sie sich auch kaum noch vom Teich hinter dem Zaun vertreiben.

Anna musste außen am Zaun stehen bleiben. Dessen Stützpfosten waren morsch, nirgendwo konnte sie sich richtig festhalten oder gar anlehnen. Solange sie konnte, blieb sie bei ihren Gänsen stehen.

Sie hatte nie einen Menschen gehabt, dessen Nähe sie hätte so genießen dürfen wie die Pflege dieser Tiere.

„Hallo, Anna. Klappt es nicht, auch über den Zaun zu fliegen?"

Peter hatte die Situation schon einige Zeit beobachtet.

Anna lachte verlegen. Aber antworten konnte sie nicht. Sie traute sich einfach nicht, sich mit diesem freundlichen jungen Mann zu unterhalten. Was mochte der nur über sie denken? Sie wusste sehr wohl, dass sie unförmig aussah. Und dazu immer in der gleichen Kittelschürze. Aber sie hatte eben nur drei. Zwei für die Wochentage, eine für den Sonntag.

„Ich kann Ihnen ja eine einfache Bretterbank zusammennageln, dann können Sie sich dazusetzen. Aber meinen Sie nicht, Sie müssten sich auch einen Rollator kaufen? Zwei Mal am Tag den Weg von der Pension hierher und wieder zurück, der ist doch fast zu weit für Sie."

Anna nickte.

Natürlich hatte auch sie schon an einen Rollator gedacht. Aber wie teuer war der? Und wo kaufte man ihn? Und wie kam man da hin, wo er zu kaufen war?

Als könne Peter ihre Gedanken lesen, setzte er hinzu: „Machen Sie einen Termin bei der Ärztin. Die wird Ihnen einen verschreiben. Das kostet dann nichts für Sie, das übernimmt die Krankenkasse. Und aus dem Sanitärhaus wird er Ihnen sogar ins Haus gebracht!"

Anna strahlte übers ganze Gesicht. „Vergelts Gott. Ich mach es so."

Verlegen drehte sie sich um und lief unbeholfen mit ihren zwei Stöcken zurück zur Pension.

## ***Neuerungen***

*Herbst*

Sybille kramte oben im Speicher der Pension in den alten Sachen, die da sicher schon fünfzig Jahren herumlagen und verstaubten. Sie teilte ein in Sperrmüll, Entrümpelungsfirma und Nochmals-Liegenlassen. Eigenartig. Aus dem Haus drang kein Laut nach oben. Sie lief an das Dachfenster, von dem aus sie auf die Rückseite der Pension hinunterschauen konnte.

Die Tiergehege lagen menschenverlassen.

Huhn Berta scharrte alleine im Sand.

Emmas Hasen hoppelten unbeachtet auf ihrer Hasenwiese herum.

Und drüben auf der Weide lag Kuh Alma mit Kyly ohne Maries Gesellschaft.

Ungewöhnlich!

Wo waren die alle?

Neugierig schaute sie jetzt auch noch in Richtung Öko-Hof.

Aha!

Drüben am Teich war ein ungewohnt bunter Anblick entstanden.

Hans-Jörg und Peter hatten den Zaun um den Teich entfernt. Mit einem kleinen Abstand zum Teich hatte Peter drei Sitzbänke aufgestellt, und dort saßen nun alle vier alten Damen, während Annas Gänse am Ufer des Teiches lagen.

Sybille war mit Hans-Jörg extra beim Notar gewesen. Dort hatten sie einen Vertrag aufgesetzt, dass die Gänse den Teich benutzen und die Seniorinnen sich jederzeit am Rand des Teiches aufhalten dürften, aber dass die volle Haftung für den Weg dahin und während des Aufenthaltes auf Hans-Jörgs Gelände bei den Seniorinnen selbst liege. Sollte also ein Unfall auf dem Weg zum Teich oder beim Sitzen am Teich oder gar beim Waten am Ufer des Gewässers passieren, läge die Verantwortung dafür vollkommen bei den Frauen.

Es war ein unglaublich faires Entgegenkommen von Hans-Jörg.

Seit diese Abmachung zwischen der Pension und dem Öko-Hof galt, nahmen sich die alten Damen kaum noch Zeit für ihr tägliches kurzes Mittagsschläfchen. Danach packten sie ihre Taschen voll mit Kissen, Jacken, Schals, Sonnenhüten, Hustenbonbons, Vesper, Getränken, trockenem Brot für die Gänse und wer weiß, was noch allem, und ab ging's an die Ufer des Teichs.

Wie gut, dass inzwischen nicht nur Anna einen Rollator hatte, nein, auch Emma hatte sich einen verschreiben lassen. Und diese Rollatoren konnte man so richtig vollpacken mit allem, was man für die nächste Stunde in der „Ferne“ brauchte.

Das Bild, das sie da oben boten, es war ein so schöner, fast rührender Anblick. Immer wieder musste Sybille ans Dachfenster gehen und hinausschauen.

Inzwischen war ja auch der Gänsestall fertig und auf dem Grundstück aufgestellt.

Ein Prachtexemplar von Gänsestall.

Mannshoch, dass man ihn gut betreten und reinigen konnte. In die große Tür für Menschen war eine halbhohe Tür für die Gänse eingelassen. An den beiden Seitenwänden befanden sich kleine Fenster.

Der Stall stand in einem eingezäunten Areal der Pension unter einem Walnussbaum.

Hannes, diese Seele von einem Mann, hatte in den teilweise überdachten Auslauf Baumscheiben gelegt und große Steine so angeordnet, dass sich die Gänse darauf legen konnten. „Das mögen Gänse", hatte er gesagt.

Neben dem Gehege-Eingang stand eine niedere Zinkwanne mit Wasser. Im Gehege lag immer eine Menge Sträucherschnitt herum, dass die Tiere jederzeit an ihrem Nistplatz bauen konnten.

Für Anna hatte sich seitdem ein neues morgendliches Ritual ergeben.

Sie fütterte die Tiere, dann öffnete sie das Gehege und ihre Gänse marschierten im buchstäblichen Gänsemarsch hinüber zum Teich.

Zwischen der Pension und Hans-Jörgs Grundstück befand sich ein recht hoher Zaun. Peter hatte an einer Stelle ein niederes Gatter angebracht. Dorthin marschierten die Gänse, streckten sich, nahmen Anlauf und flogen über das Gatter. Nach einer mehr oder weniger gekonnten Landung stürmten sie ans Wasser und verbrachten dort oder auf der Wiese fast den ganzen Tag.

Das Gatter war also praktisch nur für die Menschen da, und jede der alten Damen schloss es immer zuverlässig.

Mittags warteten die Gänse schon auf den Besuch von Anna und den anderen Damen. Sie wussten inzwischen genau, dass sie nun kleingeschnittene Äpfel, Karotten oder trockenes Brot bekamen. Abends kehrten die Gänse von alleine zurück in die Pension und warteten, bis Anna sie in ihr Gehege ließ.

„Man sagt ja, dass Gänse sehr auf mögliche Gefahren achten und dementsprechend laut schreien können", dachte Sybille. Bis jetzt war das aber noch nicht der Fall gewesen, es schien sich also noch kein Fuchs oder Marder um die drei Tierbehausungen zu schleichen.

Das Zimmer für Manfred war auch fast fertig, ebenso die Rampe. Am Wochenende sollte nur noch tapeziert werden. Hans-Jörg hatte Arco schon oft in diesem Zimmer gefüttert, damit der Hund den Raum bereits kennen würde, wenn er nächste Woche sein Herrchen von früher wiedertraf.

Sybille hatte noch gemischte Gefühle, wenn sie Arco begegnete. Aber noch war da ja immer Hans-Jörg dabei. Und ihn zu treffen, löste in ihr zunehmend Herzklopfgefühle aus. Obwohl er eigentlich immer noch ein kommunikativer Muffel war.

„Aber was soll's", dachte sie.

Ihr fiel ja auch nicht immer etwas ein.

## Presserummel und Waldbaden

*Herbst*

Hans-Jörg fuhr in den Hof der Pension. Bei ihm im Auto saß Manfred. Dahinter kam ein kleiner Speditionswagen, der Manfreds Rollstuhl und seine restlichen wenigen Habseligkeiten transportierte. Hans-Jörg hupte, um Sybille ihre Ankunft mitzuteilen.

Zur selben Zeit kam auch der junge Reporter vom WOB zusammen mit einem Fotografen in die Auffahrt der Pension. Interessiert schauten beide zu, wie Manfreds elektrischer Rollstuhl von der Spedition abgeladen wurde. Manfred kontrollierte ihn sofort, es war alles in Ordnung. Der Rollstuhl brachte den kleinen Teil Freiheit, der Manfred noch geblieben war.

Der Fotograf machte sofort Bilder. Hans-Jörg und Manfred waren sichtlich irritiert.

Eilig lief Sybille zu dem jungen Mann. „Hören Sie bitte sofort auf mit dem Fotografieren!", sagte sie. Und zum Reporter gewandt: „Das ist heute ein sehr ungünstiger Termin für ein Interview. Wir hatten in den vergangenen Ferien mit Ihnen gerechnet."

„In den Ferien sind die Leute in Urlaub, da wären die Geschichten nicht von so vielen gelesen worden wie jetzt, wenn alles wieder in den alten Trott kommt", erwiderte der Reporter. „Wer zieht denn da ein?"

„Manfred, ein Freund meines Nachbarn."

„Aber das ist doch noch ein junger Mann."

„Jung schon, aber durch eine Krankheit schwer behindert. Ich weiß nicht, ob es ihm recht ist, wenn Sie ihn so einfach fotografieren."

Der Reporter machte seinem Fotografen ein Zeichen, woraufhin dieser sofort seinen Fotoapparat verschloss.

„Könnten wir aber doch heute mit der Reportagereihe beginnen? Wir würden gerne mit dieser Lina anfangen, sie hat ja damals schon eingewilligt, und während des Interviews würden wir diesen Einzug auch nicht behindern. Wir könnten uns ja auf Linas Zimmer unterhalten."

Als hätte sie ihren Namen gehört, trat Lina hinzu. „Kommt rein, sonst stört ihr noch!"

Sie führte die beiden Männer zuerst in die Wohnküche und erzählte ihnen dort ein wenig aus dem Alltag der Pensionsbewohner, vom Tagesablauf mit ihren Tieren und dem glücklichen Umstand, dass in der Nachbarschaft zwei junge Männer lebten, die für den Wunsch, die geliebten Nutztiere nicht zum Schlachter bringen zu müssen, nur weil man nicht mehr für alles im Alltag die Kraft hatte, unglaublich viel Verständnis gezeigt hatten.

„Für die Tiere ist es wie ein Gnadenhof", erklärte Lina.

„Für die Seniorinnen auch", dachte der junge Reporter, sagte aber nichts.

Später setzte sich auch Sybille dazu und beschrieb den Pensionsbetrieb von ihrer Seite. Die Frauen versorgten sich selbst, auch die Wäsche, und zum Putzen käme eine Reinigungskraft, erzählte sie.

„Fast ein wenig ein Udo-Lindenberg-Modell", meinte der Fotograf.

Irritiert schaute Sybille ihn an. „Wie bitte?"

„Na, der Lindenberg, der wohnt doch schon seit sicher zwanzig Jahren im Hotel Atlantic, einem Fünf-Sterne-Hotel in Hamburg."

„Na ja, eine Fünf-Sterne-Pension sind wir hier wohl nicht!", sagte Sybille.

„Aber Sie bieten den Seniorinnen eine maßgeschneiderte selbständige Residenz. Ins Altersheim könnten sie ihre Tiere ja nicht mitbringen!"

Der Reporter sah zuerst zu Lina hin, als wolle er sie etwas fragen, aber dann wandte er sich doch an Sybille. „Wie alt sind denn Ihre Pensionärinnen so im Durchschnitt?"

„Es beginnt mit achtundsiebzig und geht ziemlich über die achtzig hinaus."

„Wow, das ist aber alt", platzte der Fotograf dazwischen.

„Man ist so alt, wie man sich fühlt!", widersprach Lina. „Aus Ihrer Sicht sind wir alt, alles klar, und biologisch sind wir es ja auch, aber Sie werden später schon noch an sich selbst feststellen, dass man sich in seinem Inneren selbst im hohen Alter nicht so alt fühlt, wie es Spiegel und Geburtsdatum behaupten. Man ist immer noch im Leben verwurzelt, trotz aller Einschränkungen, die man durch seinen Körper aushalten muss. Man will auch immer noch hier sein, bei den Menschen, die man liebt, bei seinen Tieren, in der gewohnten Umgebung, in der Selbständigkeit. Dieses Leben-Wollen, glauben Sie es mir, das ist so intensiv, ich weiß nicht, wann oder ob es überhaupt einmal aufhört."

„Dieser Lebenswille", der Reporter wandte sich an Lina, „was Sie da sagen, erinnert mich an Albert Schweitzers Lehre von der Ehrfurcht vor dem Leben: *Ich bin Leben, das leben will, umgeben von Leben, das leben will.* Als Schweitzer damals in Lambarene als Arzt arbeitete, behandelte er nämlich nicht nur die kranken Menschen aus dem Urwald, er half auch den verletzten Gorillas rund um sein Dschungelkrankenhaus. Auch die wollten leben, erklärte er, und sie sollten auch leben dürfen!

Sie handeln hier ähnlich. Sie denken nicht nur an sich, sondern auch an Ihre alten Nutztiere. Sie wollen, dass die auch noch weiterleben dürfen. Es ist wunderbar, was Sie hier begonnen haben!"

Sybille warf ein: „Was die Tiere betrifft, da braucht es aber Menschen, die mitmachen, die uns helfen. Ich kann für Tiere nur kleinere Ställe anbieten, also für Hühner, Hasen, Gänse. Aber unsere Kuh Alma konnte nur am Leben bleiben, weil der Maisbauer von nebenan einen Stall anbot und eine Weide, und weil auch sein jüngerer Bruder, ein Tierzüchter, uns immer wieder hilft."

„Hoffentlich lassen sich die zwei auch interviewen!"

„Ich denke schon", nickte Sybille.

Beim Verabschieden sagte der Reporter zu Lina gewandt: „Es sind gute Umstände, die hier zusammengekommen sind. Und Sie, Frau Lina, haben das angestoßen. Wirklich bewundernswert!"

Lina, ganz gewiss noch nie auf den Mund gefallen, wurde verlegen und schwieg.

Währenddessen war Manfreds Zimmer eingerichtet worden. Nur die Bücherkisten würden noch etwas warten müssen. Kaum hatte der Möbelwagen den Hof verlassen, ging Hans-Jörg zu sich auf den Hof, um Arco zu holen.

Im Verlauf des Tages war Manfred immer nervöser geworden. Wie würde Arco reagieren?

Er saß im Zimmer in seinem Rollstuhl, den er so gedreht hatte, dass er zur Ausgangstür schauen konnte. Draußen hörte er Hans-Jörg und Arco kommen.

Das Herz klopfte ihm bis zum Hals.

Hans-Jörg öffnete die Tür, trat aber nicht ein, sondern blieb abwartend vor dem Zimmer stehen.

Arco, der wusste, dass er in diesem Zimmer oft gefüttert wurde, wollte sofort hinein.

Doch jetzt blieb er unter der Tür stehen.

Da war ein vertrauter Geruch.

Ein Geruch aus einer Zeit, die vorbei war.

Er blieb stehen und rührte sich nicht.

Manfred rief ihn.

Keine Regung.

Arco sah nach hinten zu Hans-Jörg, als überlege er, zu ihm zu laufen. Aber dann drehte er sich wieder hin zu Manfred und sah ihn prüfend an.

Manfred nahm eines von Arcos Lieblingsleckerlis und hielt es ihm hin.

Arco reagierte nicht.

Aber er setzte sich unter die Tür. Leise knurrte er.

„Arco, komm!"

Langsam machte der Hund ein paar Schritte auf ihn zu, blieb dann aber wieder stehen. „Arco, Großer, so komm doch her, ich bin's doch. Ich, du kennst mich doch, also komm her, jetzt komm schon."

Arco stand stocksteif.

Der Geruch, die Stimme, das Gesicht, das alles war doch weg gewesen! Tag für Tag hatte er auf diese Stimme gewartet, auf dieses Gesicht, hatte den Geruch seines Herrchens einatmen wollen, aber alles war weg gewesen.

„Jetzt komm endlich her, mein Großer, komm!"

Mit steifen Beinen ging Arco noch einige Schritte näher zu diesem Mann im Rollstuhl.

Wieder knurrte er, nicht aggressiv, nicht gefährlich, eher fragend. Dann ging das Knurren in ein leises Winseln über.

„Arco, Arco."

Das Winseln wurde lauter. Manfred streckte seinem Hund beide Hände entgegen.

Hans-Jörg stand draußen vor der Tür und hörte, wie Arco leise zu heulen begann. Ganz leise. Er trat unter die Tür, um zu schauen.

Der Hund legte seinen Kopf in die Hände seines verloren gewesenen Herrchens, ließ sich kraulen, heulte laut auf, bevor er begann, Manfreds Hände abzuschlecken, danach sein Gesicht, und stellte sich dann auf die Hinterbeine, um sich auf den Oberkörper Manfreds fallen zu lassen und darauf zu warten, wieder so umarmt zu werden, wie sie beide es immer geliebt hatten.

An diesem Tag verließ der Chow-Chow das Zimmer nicht mehr.

Die alten Damen hatten anfangs eine große Scheu vor Arco. Das ließ aber schnell nach – nur bei Anna nicht. Dann aber begann sich etwas Ungewöhnliches zu entwickeln.

Auf den Spaziergängen, Manfred im Rollstuhl, Arco neben ihm, hatten der Hund, Anna und die Gänse sich kennen gelernt. Beim ersten Zusammentreffen waren die Gänse bei seinem Anblick natürlich aufgeregt gewesen, aber Anna noch viel mehr. Da hatte sich Arco auf den Boden gelegt und war einfach liegen geblieben. Die Gänse beruhigten sich und liefen im Gänsemarsch in einem kleinen Bogen an ihm vorbei.

Anna machte sicherheitshalber noch einen größeren Bogen.

Bei der nächsten Begegnung waren die Gänse zwar wieder aufgeregt, aber Arco legte sich erneut hin, ja, er wedelte sogar mit dem Schwanz. Die Gänse beruhigten sich sofort und liefen geradewegs weiter.

Anna hatte sicherheitshalber immer noch einen großen Bogen gemacht.

Anna brauchte sichtlich etwas länger, ein Vertrauensverhältnis zu diesem fremden Hund aufzubauen, aber sie bemühte sich täglich.

Inzwischen hatte das WOB das erste Interview mit Lina veröffentlicht. „Leben, das leben will – umgeben von Leben, das leben will!“ Mit diesem Zitat war der Artikel überschrieben.

Die Reportage hatte eine unglaubliche Resonanz erhalten.

Wie versprochen, waren in dem Artikel keine Namen genannt worden, so dass die Zuschriften alle an die Redaktion gingen. Die wiederum schickten die Post weiter in Sybilles Pension. Aber im Dorf hatte man Linas Wohnmodell natürlich erkannt, und es dauerte nicht lange, da meldete sich der Bürgermeister zu einem Besuch an.

Als er kam, zogen sich Anna und Marie sofort in ihre Zimmer zurück. Lina, Emma und Hilde aber setzten sich erwartungsvoll in die Wohnküche.

Zuerst führten Lina und Sybille den Bürgermeister durchs Haus. Danach zeigten ihm Lina, Emma und Hilde gemeinsam die Gehege der Hasen, des Huhns und der Gänse und im Anschluss auch die Auffahrrampe zu Manfreds Zimmer. Dieser war gerade mit Arco unterwegs, sicher im Wald, wie in letzter Zeit täglich. Zum Abschluss zeigten sie dem Bürgermeister noch den Gänseteich und die nachbarliche Weide, auf der Kuh Alma graste.

Der Bürgermeister, ein noch relativ junger Mann, war beeindruckt. „Eine Seniorenpension für alte Menschen, zusammen mit ihren alt gewordenen Nutztieren. Respekt! Respekt! Melden Sie sich bei mir, falls es einmal irgendwelche bürokratischen Schwierigkeiten gibt, man weiß ja nie."

Auf den ersten Rollstuhlfahrten in den Wald hatten sich Hans-Jörg und Peter als Begleiter abgewechselt. Jetzt, wo Manfred die Wege kennen gelernt hatte, die er mit seinem elektrischen Fahrstuhl ohne Sturzgefahr benutzen konnte, konnte er ruhig alleine mit Arco unterwegs sein.

Auf einem ihrer ersten Waldspaziergänge hatte Hans-Jörg Manfred vom Waldbaden erzählt.

Manfred hatte ungläubig den Kopf geschüttelt.

„Nein, nein, kein Witz, das ist eine wissenschaftlich untersuchte Sache. Ich leih dir das Buch dazu aus. Ich hab es gekauft, weil das Waldbaden deiner Lunge vielleicht helfen kann."

„Mir kann bei dieser Lunge nichts mehr helfen."

Manfreds Stimme zitterte beim Antworten. Wie oft hatte er mit seinem Schicksal gehadert? Wie oft Hoffnung geschöpft? Aber immer wieder waren die gesundheitlichen Rückschläge gekommen. Für Hoffnung hatte er keine Kraft mehr, und die Zuversicht, um an eine Genesung zu glauben, die fehlte ihm auch.

Arco hatte Manfreds Aufgewühltheit gespürt und sofort reagiert. Er legte seine Vorderbeine auf Manfreds Knie und begann, sein Gesicht abzulecken. Beschwichtigend hatte ihn Manfred gekrault. „Ist ja gut, Arco, ist ja gut."

Da der Hund sich nicht gleich beruhigen konnte, hielt Manfred den Rollstuhl an.

„Erzähl weiter, ich versuche derweil, Arco wieder zu entspannen. Ich höre dir zu."

Hans-Jörg erklärte weiter: „Wissenschaftler haben bewiesen, dass solche Waldspaziergänge bei Herz- und Kreislauferkrankungen helfen, und auch bei Atemwegserkrankungen! Sie stärken das Immunsystem. Sie senken Blutdruck, Puls und das Stresshormon Cortisol."

Manfred fragte zweifelnd: „Und dies alles durch das Spazierengehen im Wald? Du siehst doch wohl, dass ich im Wald nicht spazieren gehen kann!" Verbittert schlug er dabei auf die Armlehne seines Rollstuhls.

„Nicht durch das Spazierengehen. Durch das Einatmen der Waldluft. Man atmet dabei die chemischen Verbindungen der Pflanzen im Wald ein, die sie an die Luft abgeben, um untereinander zu kommunizieren."

„Du meinst die Terpene?"

„Ja, genau."

„Dann müsste dein Waldbaden eigentlich Waldatmen heißen!"

Hans-Jörg verzog das Gesicht, ging aber nicht weiter darauf ein.

„Natürlich kann dir keiner versprechen, dass deine Lunge nochmals vollständig gesund wird, aber vielleicht wird dein Zustand insgesamt stabilisiert. Ein wenig besser ist immerhin mehr als gar nichts!"

Manfred schwieg.

Hans-Jörg war enttäuscht gewesen. „Also gut, dann lass es! Ich wollte dir nur helfen."

„Gib mir das Buch", hatte Manfred nur gesagt.

Und fuhr seitdem täglich zusammen mit Arco in den Wald.

## Es geht mich ja wirklich nichts an – aber ...

*Herbst*

Am vergangenen Dienstag waren Sybille und Peter beim Notar gewesen – wieder einmal. Sybille hatte von Peter eine halbe Wiese gepachtet. Es war der Teil der Wiese, der direkt an das Grundstück der Pension stieß und auf dem sich der Teich befand, der zum fast täglichen Aufenthaltsort von Annas Gänsen und der Sonnenplatz der alten Damen geworden war.

Sie waren mit Sybilles Auto im Städtchen gewesen, deshalb hatte sie Peter auch wieder zuhause abgesetzt.

„Komm noch auf einen Drink mit rein. Verträge muss man begießen", lud er sie ein.

Sie gingen in das gemeinsame Wohnzimmer der Brüder.

Im Wohnzimmer saß Hans-Jörg.

Er hatte Besuch.

Seine getrennt von ihm lebende Frau mit Tochter, wie er Sybille die beiden vorstellte.

Warum war da auf einmal seine Frau? Sofort wurde Sybille von rasender Eifersucht überrannt.

Die Tochter, ja, selbstverständlich, nichts dagegen, dass er von seiner Tochter besucht wurde, aber musste diese Frau dabei sein?

Und wie selbstverständlich und lässig die da in einem der großen Sessel saß!

Diese superschlanke, groß gewachsene Blondine, natürlich mit High Heels, mit engem knappem Minirock, in einer Seidenbluse, deren Knöpfe bis weit unter den Brustansatz geöffnet waren, dazu halblange Haare, so gestylt, dass keine Windhose der Welt auch nur eine Strähne hätte verrücken können, und mit einem so dick aufgetragenen Make-up, dass nicht zu erkennen war, wie die Frau darunter in echt aussah.

Wow!

Sybille dagegen stand da in ihrem sportiven Dorf-Chick, mit ausgewaschenen Jeans, langweiliger weißer Bluse und darüber einem schon einige Jahre alten dunkelblauen Pullover, in Sandalen und natürlich Socken, und mit einer Frisur, der man ansah, dass die schon ewig keinen Frisör mehr gesehen hatte. Noch nicht mal Lippenstift hatte sie aufgelegt. Kurz gesagt: Münchner Eleganz traf reizloses Landei.

Sybille versuchte, nicht stutenbissig zu sein. Sie zwang sich, positiv zu denken und diese Frau innerlich nicht schlechtzumachen. Trotzdem, wie um Himmels Willen waren Hans-Jörg und dieses Weib zusammengekommen?

Im Sessel daneben lümmelte die Tochter, in Extravaganz ein Abbild ihrer Mutter. Die Klamotten schwarz, ein Irokesen-Haarschnitt, die toupierten Haare schwarz gefärbt, die abrasierten Haare links und rechts davon weiß gefärbt oder gepudert, auch das Gesicht weiß geschminkt, Piercings an den Lippen, ein riesiges Petruskreuz um den Hals, zig Armreife, in schwarzem Leder-Minirock und zerrissener Netzstrumpfhose. Sie starrte Sybille grußlos an und lümmelte einfach weiter in ihrem Sessel herum, mit mürrischem Gesicht, heruntergezogenen Mundwinkeln, aufreizend mit offenem Mund Kaugummi kauend.

War wohl in München so üblich.

„Die sollte mal meine Tochter sein", dachte Sybille.

Peter begrüßte beide herzlich. So war eben sein Wesen. Dabei zog er seine Nichte aus dem Sessel und nahm sie in den Arm. „Hi, gut angekommen, du Vamp?"

„Es geht!" Das Mädchen antwortete mürrisch, hatte aber die Umarmung sichtlich genossen. Sie schien ihren Onkel zu mögen. Wie ja eigentlich alle, die ihn kannten.

Hans-Jörgs Frau beschwerte sich: „War 'ne lange Taxifahrt vom Bahnhof bis hierher."

„Du hättest ja anrufen können", sagte Hans-Jörg.

„Dann hätten wir ewig lang auf dem Bahnhof rumstehen müssen. Da ist ja noch nicht mal ein überdachtes Wartehäuschen. Und wir sind beide todmüde!"

„Setz dich doch!", sagte Hans-Jörg zu Sybille.

„Störe ich nicht?"

„Nein, überhaupt nicht."

Sybille versuchte, aus seinem Gesicht irgendwie herauszulesen, ob ihm gefiel, dass die beiden da so einfach aufgetaucht waren, ob er sie womöglich selbst eingeladen hatte.

Vorher erzählt hatte er jedenfalls nichts!

Aber hinter dem dichten Bart war nichts zu erkennen.

Es geht mich ja nichts an, versuchte Sybille sich zu beruhigen, und Hans-Jörg kann Besuch bekommen, von wem auch immer. Aber er hätte doch wirklich vorher etwas sagen können!

Irgendwie fühlte sie sich überrumpelt.

Trotz der Einladung verabschiedete sie sich schleunigst und widerstand auf dem Weg zur Pension der Versuchung, sofort zu Manfred zu gehen und ihn zu fragen, was da zwischen Hans-Jörg und seiner Ex auf einmal lief. Denn dem hatte er doch sicher etwas erzählt. Aber Manfred würde ihre Ausfragerei sicher gleich wieder bei Hans-Jörg ausplaudern.

Nein, diese Blöße wollte sie sich nicht geben.
Aber der Tag, der war gelaufen.
Sie sah an sich herunter und besah ihr Outfit.
Heute Morgen war sie noch mit sich einverstanden gewesen.

## Streitbare Zeiten – und Anna und Arco nähern sich an

*Herbst*

Was macht ein Tier zum Streicheltier?

Eine süße Stupsnase wie bei einem Kaninchen, große runde Knopfaugen, weiches kuschelige Fell?

Oder auch das nach viel geduldiger Zuwendung sich entwickelte Vertrauen eines Huhnes zum Menschen, das, so wie Hilde's Huhn, furchtlos wird, sich anfassen, streicheln lässt und geliebt wird, trotz seines gefährlich anmutenden Schnabels, trotz seines stechenden Augenausdrucks und trotz des etwas störrischen Federkleides?

Im WOB war die zweite Geschichte der Senioren-WG erschienen. Dazu ein Foto von Emmas Hasen vor deren Hasenvilla. Ähnlich wie nach dem ersten Interview erhielt die Redaktion wieder viele Briefe. Voller Begeisterung hatte sich Emma sofort an die Beantwortung der Briefe gemacht, und Sybille ermahnte sie immer wieder, nur ja nicht ihre Adresse preiszugeben.

Nach der Hasengeschichte veröffentlichte das WOB einen eigenen Artikel über die positiven Auswirkungen auf die psychische und physische Gesundheit des alternden Menschen, wenn er ein Tier zu versorgen hatte. Dazu gab es den Beitrag eines Professors der Gerontologie mit dem Titel „Tiere im Altersheim und deren Unterstützung bei der Pflege depressiver und dementer Menschen", in dem der Professor die Ergebnisse seiner wissenschaftlichen Untersuchungen vorstellte.

Wieder kamen viele Zuschriften. Aber wie kontrovers bis aggressiv waren diese Beiträge!

Auf der einen Seite brachten alte Menschen ihre Enttäuschung zum Ausdruck, keine WG für sich und ihre Nutztiere zu kennen. Und dass sie auch nicht die Kraft hätten, eine solche zu gründen.

Andere bedauerten, kein bezahlbares Altersheim zu finden, in das sie wenigstens ihre allgemein üblichen Haustiere wie Hunde, Katzen oder Vögel mitbringen dürften.

Aber diesmal kamen auch Briefe von Pflegekräften sowie Leiterinnen und Leitern von Seniorenheimen, die äußerst empört reagierten. Sie hätten kaum Zeit, sich um das körperliche Wohl ihrer Heimbewohner zu kümmern, und nun sollten sich Altenpflegerinnen auch noch mit diversen Tieren befassen? Und wie stünde es dann um die Hygiene im Heim, wenn da alte Menschen mit Tieren zusammenlebten?

Diesmal reagierte der junge Reporter, der auch die Interviews in Sybilles Pension führte, mit einem eigenen Artikel: Ein Altersheim müsse kein steriles Krankenhaus sein, denn Alter war keine Krankheit. Und nicht jeder alte Mensch besaß ein Tier, von dem er sich noch nicht trennen wollte, die Altersheime würden also nicht plötzlich zu Menagerien mutieren. Und die Lösung würde und musste sowieso im Nischenangebot liegen.

Aber dazu bedurfte es der Fantasie und des Einfallsreichtums vieler. Es brauchte eine große Anzahl bedarfsgerechter Wohnmodelle für die Lebensphasen im Alter. Bedarfsgerecht – denn es ging nicht nur um ein Haus der Verwahrung. Schließlich bestand der alte Mensch nicht nur aus einem zu versorgenden Körper mit Anspruch auf ein Pflegebett und genügend Windeln. Auch die psychische Seite des Menschen musste berücksichtigt werden. Viele Alten würden durch ihren Umzug ins Altersheim von ihren sozialen Beziehungen getrennt. Ihre Kinder standen noch mitten im aktiven Leben, waren berufstätig, hatten eine eigene Familie, wenig Zeit und auch nicht immer Kraft für einen Besuch. Sie wohnten weiter weg oder hatten die Verbindung abreißen lassen.

Die Enkel gingen zur Schule, waren in der Berufsausbildung, hatten vielleicht kein Interesse.

Der noch lebende Ehepartner oder die Freunde und Nachbarn waren meistens im gleichen Alter, hatten kein Auto mehr oder waren gesundheitlich an ihre Wohnung gebunden.

Welches Gegenüber blieb da einem alt gewordenen Menschen? Er hatte doch deshalb ein Haustier, weil er es brauchte! Und er brauchte es, um ein

Lebewesen zu haben, das er lieben konnte. Ein Lebewesen, das ihn seine Einsamkeit aushalten ließ. Denn solange der Mensch bei geistiger Gesundheit war, stand er im Austausch mit einem Gegenüber.

In der Redaktion stapelten sich die Zuschriften! Hätte der E-Mail-Account überquellen können, er hätte es getan. So viele Reaktionen wie zu diesem Thema hatte die Redaktion des WOB noch nie erhalten. Auch die Tagespresse veröffentlichte einen Artikel dazu, und das WOB holte sich bei einigen Schreibern die Zustimmung, um Teile ihrer Briefe abzudrucken. Zudem vermerkte der Chefredakteur einen angenehmen Nebeneffekt der Kampagne, denn die Werbeeinnahmen stiegen beachtlich.

In der Pension bekam man natürlich die Aufregung um das Thema mit. Hildes Interview sollte als Nächstes kommen. Aber Hilde reagierte ängstlich. Sie wollte keine Post beantworten müssen, sie wollte überhaupt nicht mehr, dass die Geschichte von Huhn Berta und Hahn Christoph veröffentlicht wurde. Was, wenn jemand ihre Zuneigung zu Huhn Berta kritisieren würde?

„Keine Bange. Wir leben in einer schnelllebigen Zeit", hatte der Reporter versucht, Hilde zu beruhigen. „Wir warten zwei oder drei Wochen und schreiben einfach nicht dazu, dass es sich bei der Geschichte um ein Mitglied Ihrer Senioren-WG handelt. Dann reagiert da keiner. Und Sie bekommen sowieso keine Post, die kommt ja zu uns. Glauben Sie mir, die Leser sind zu bequem, um sich Gedanken darüber zu machen, ob diese Geschichte mit der von Emmas Hasen zusammenhängt. Und wir geben sowieso keine Adressen oder Namen ohne Ihre Einwilligung bekannt."

Hilde ließ sich überreden. Das WOB wartete drei Wochen bis zur Veröffentlichung ihrer Geschichte.

Bis auf einen Züchterverein für Brahmahühner meldete sich danach niemand.

Doch in den nächsten Tag hob Hilde ihr Huhn Berta häufiger hoch und hielt es lange und liebevoll im Arm.

Sybille und Hans-Jörg hatten während dieser Zeit nicht miteinander geredet. Von Hans-Jörgs Seite lag gewiss keine böse Absicht dahinter, er war von früh morgens bis fast um Mitternacht mit der Maisernte beschäftigt. Und dass Sybille sich über den Besuch seiner Frau und seiner Tochter aufgeregt haben könnte, das kam ihm gar nicht in den Sinn. Seit die beiden wieder abgereist waren, beschäftigten ihn ganz andere Dinge – auch wenn diese tatsächlich mit seiner Frau zu tun hatten ...

Peter hatte in diesen Wochen von der Pension aus jeweils einen schmalen Trampelpfad zum Wald und zum Gänseteich eingeebnet, so dass Wald und Gänseteich sowohl für Manfred mit seinem Rollstuhl als auch für Emma und Anna mit ihren Rollatoren bequem erreichbar waren. Auch am Waldrand hatte Peter, wie zuvor schon am Teich, zwei ganz einfache Bänke aus gehobelten Dielenbrettern aufgestellt, damit die Seniorinnen in der Sonne sitzen konnten und einen schönen Blick über das Gelände und hin zum Teich hatten.

Doch in der Pension hatte man gerade wenig Zeit, die tollen Angebote zu nutzen.

Emma war ja schon immer sehr mit ihren Geranien beschäftigt. Die blühten auch jetzt im Herbst noch überreichlich. Aber im Keller mussten schon Kisten vorbereitet werden, in denen die von Blättern, Erde und zu vielen Wurzeln befreiten Pflanzstöcke überwintern würden.

Auch Hilde war gerade anderweitig zugange. Die Pflege des Hochbeete-Gartens war zurzeit komplett in ihren Händen, denn Lina hatte für jeweils ein paar Tage abwechselnd ihre Tochter und ihren Sohn besucht.

Und Marie ging sowieso meist nur den Weg zur Rinderweide oder saß in ihrem Zimmer.

Nur Anna begann, den Pfad zum Waldrand regelmäßig zu nutzen. Der Blick auf den Gänseteich mit seinem Schilf, die ruhig im Gras liegenden Gänse und das fast jeden Abend stattfindende Wolkenspiel am westlichen Abendhimmel zur Sonnenuntergangszeit schienen ihrer verschlossenen, menschenscheuen Seele gutzutun.

Anfangs fiel es Manfred gar nicht auf, dass Anna fast täglich dasaß, wenn er mit Arco in Richtung Wald unterwegs war. Weil er wusste, dass Anna Hemmungen vor ihm und Angst vor Arco hatte, fuhr er immer nur mit einem kurzen Grüßen und ohne anzuhalten an ihr vorbei. Aber auf die Dauer war das ja keine Lösung! Also begann er, mit seinem Rollstuhl kurz stehen zu bleiben, Arco demonstrativ am Halsband festzuhalten und ein wenig Smalltalk mit Anna zu machen.

Anna reagierte darauf stets verlegen, aber Manfred spürte, dass hinter der Wortkargheit nicht Unwille zu einem Plausch stand. Nein, Anna war das Reden einfach nicht gewohnt. Irgendwann – Manfred wusste nichts von ihrer

Lebensgeschichte – hatte Anna wohl begonnen, sich in sich zurückzuziehen. Sie sagte nur noch das Allernötigste, wenn sie einkaufen ging oder wenn sie von Schwester Renate, Emma oder Lina etwas gefragt wurde. Wenn sie mit den anderen in der Wohnküche saß, schwieg sie eigentlich immer.

So hatte Manfred das Reden übernommen. Er erzählte von sich, von seiner Kindheit, dem Studium und der Krankheit, aber auch von Arco und der schweren Zeit ohne ihn.

Arco blieb dabei immer neben Manfreds Rollstuhl liegen, schaute nur manchmal hinüber zu Anna, aber schloss immer wieder schnell die Augen.

„Er fühlt sich wohl, wenn er so liegt und nur manchmal die Rute bewegt", erklärte Manfred.

„Er legt sich auch hin, wenn die Gänse an ihm vorbeigehen", sagte Anna scheu.

„Ja, da will er den Gänsen zeigen, dass er ihnen nichts tut!"

„Ah, so ist das von ihm gemeint. Ich hab immer Angst gehabt, dass er die Gänse überfallen will."

Manfred lächelte beruhigend: „Nein, nein, der Arco jagt nicht. Der ist eher wie ein Schäferhund. Man kann nämlich Chow-Chows durchaus auch als Hütehunde verwenden. Und früher in China wurden Chow-Chows sogar gehalten, um sie zu essen."

„Nein!"

Erschrocken schaute Anna auf den Hund. „Das ist ja schlimm!"

Vielleicht war es neben den Gesprächen mit Manfred diese Information gewesen, die in Anna etwas öffnete. Dass ein Lebewesen wie Arco genauso in Gefahr sein könnte, von Menschen geschlachtet und verspeist werden zu können wie ihre geliebten Gänse, löste in ihr so viel Mitleid aus, dass sie versuchte, ihre Angst vor ihm zu überwinden, um ihn einmal zu streicheln.

Nun waren Chow-Chows eigentlich recht distanzierte Hunde. Sie interessierten sich nur für ihr eigenes Herrchen, dem ordneten sie sich auch bedingungslos unter, und dies ein Leben lang. Aber Kontakt mit einem anderen Menschen aufnehmen? Das lag nicht in ihrem Verhaltensrepertoire. Doch Manfred brachte es fertig, dass Arco sich nun täglich von Anna streicheln ließ.

Lina war seit zwei Tagen wieder in der Pension.

„Hat Marie schon gesagt, was sie an ihrem Geburtstag macht?", fragte sie Emma.

„Nein, aber ich werde sie mal fragen."

„Ich bin gespannt!", sagte Lina.

Marie betrat die Wohnküche.

Emma fragte: „Du, es ist nur noch eine Woche bis zu deinem Geburtstag. Was hast du da vor?"

„Nichts."

„Wie, nichts? Du machst nichts an deinem Geburtstag?"

„Was soll ich denn machen?"

„Wie hast du denn früher deinen Geburtstag gefeiert?"

„Gar nicht. Mein Mann wollte das nicht. Er hielt nichts von solchen Festen."

Lina begann sich aufzuregen. „Du lebst nicht mehr mit deinem Mann zusammen, jetzt lebst du mit uns zusammen. Und wir würden gerne mit dir Geburtstag feiern."

„Wie soll ich denn mit euch Geburtstag feiern?"

Verärgert sagte Emma: „Lass dir etwas einfallen. Und häng nicht dauernd nur so herum."

Hilde war in die Wohnküche hinzugekommen. „Habt ihr Streit?"

„Nein", sagte Marie.

„Doch!", entgegnete Emma. „Und ich bin noch nicht fertig! Ich fang gerade erst an! Lina und Hilde, ihr könnt von mir aus beide im Raum bleiben und zuhören!" Dann wandte sie sich an Marie: „Marie, du wohnst jetzt schon seit Monaten mit uns zusammen in der Pension, aber noch nicht ein einziges Mal habe ich so etwas wie ein Dankeschön von dir gehört. Weißt du überhaupt, wie viel Mühe sich Peter für deine Kuh Alma gemacht hat? Er hat sogar eines seiner Hochlandrinder auswärts von der Schwarzwaldweide geholt, nur dass deine Alma nicht alleine ist. Hans-Jörg hat ihre Klauen versorgt, mit welchem Aufwand, und er stellt den Stall zu Verfügung. Aber du, was machst du? Du hängst nur immer in deiner Vergangenheit herum und siehst nicht, wie gut es dir inzwischen geht!"

„Ich bin halt kein so fröhlicher und optimistischer Mensch wie ihr", verteidigte sich Marie.

„Was heißt hier fröhlich? Was heißt hier optimistisch? Du bemühst dich doch gar nicht, die guten Dinge in deiner Umgebung und in deinem Leben wahrzunehmen. Immer nur nörgeln, immer nur unzufrieden. Du suchst dir doch extra die negativen Dinge raus! Von mir aus brauchst du nicht optimistisch zu sein, oder gar fröhlich, es würde genügen, wenn du wenigstens etwas freundlicher wärst. Mundwinkel kann man nämlich auch nach oben verziehen! Und etwas dankbarer könntest du auch sein. Vielleicht würdest du dann spüren, wie gut es dir inzwischen geht."

„Ich hab halt noch nie Glück im Leben gehabt, alles ..."

„Hör doch auf mit dieser ewigen Litanei, wie schlecht es dir im Leben gegangen ist und wie unglücklich du warst. Meinst du, bei uns ist immer alles gut gegangen? Ich hatte eine Fehlgeburt, hänge ich deshalb immer noch so rum und plage alle anderen mit meinen traurigen Erinnerungen? Das Kind, es wäre ein Mädchen gewesen, meinst du nicht, dass ich mir oft vorstelle, wie es gewesen wäre, wenn es hätte leben dürfen? Nein, ich belaste damit nicht meine ganze Umgebung!

Oder Hilde. Die hat Brustkrebs gehabt. Jammert die uns dauernd etwas vor?

Und was heißt Glück? Kaum etwas läuft so, wie wir es gerne hätten.

Aber es kommt auch meistens nicht so schlimm, wie wir es befürchten!

Doch du! Du hockst nur miesepetrig herum und wartest darauf, dass wieder etwas Schlechtes passiert. Du musst in der Gegenwart leben. Und die ist im Augenblick für dich gut, so wie sie auch für mich gut ist und für uns alle! Schon morgen können wir krank sein oder tot umfallen. Aber daran will ich jetzt nicht denken!"

Emma hatte sich so richtig in Rage geredet. Als sie geendet hatte, stand Marie auf und wollte gehen.

„Ich will dir auch noch etwas sagen", hielt Lina sie zurück. „Wenn du morgens zu uns in die Küche kommst, probier doch mal, uns anzulächeln, so, als würdest du dich freuen, uns zu sehen. Und dann könntest du auch noch ‚Guten Morgen' sagen. Das würde die Laune von uns allen heben!"

Marie gab keine Antwort und verließ den Raum.

Keiner hielt sie auf.

Emma, Lina und Hilde sahen sich an.

„Das war nötig!", sagte Emma.

Hilde nickte.

„Bitter nötig!", bestätigte Lina. „Ich hol uns jetzt einen Nuss-Likör."

## Ein Gewitter zieht auf

*Herbst*

Im Herbst wurde Sybille meistens sportlich aktiv. Das war schon während des Studiums so gewesen, auch während ihrer Tätigkeit in Aachen, und jetzt war es so hier im Schwarzwald. Es musste das schlechte Gewissen sein, über das Jahr nicht genügend für die Gesundheit getan zu haben.

Schon im Frühjahr hatte sie sich vorgenommen, morgens eine Runde zu joggen. Aber dann war gerade das mit der Senioren-WG angelaufen. Da hatte sie für nichts anderes den Kopf frei.

Im Sommer nahm sie nochmals einen Anlauf. Sie sah ja an ihren alten Damen, wie wichtig es war, körperlich fit zu bleiben.

Schnell modifizierte sie ihren Vorsatz: Joggen ja, aber nicht jeden Morgen. Und natürlich nicht, wenn es regnete. Auch nicht, wenn Wolken andeuteten, dass es regnen könnte.

Montags ging es überhaupt nicht, da musste sie einkaufen. Und das war Fitnesstraining genug.

Auch nicht donnerstags. Da musste sie putzen. Wenn abends Linas Binokel-Freunde kamen, mussten bestimmte Areale der Pension schließlich glänzen. Das waren der Hauseingang samt Türklinke und Briefkasten, die Wohnküche, Armaturen, Herd und Küchenschrankfronten, die Treppen, die Fenster, die Gästetoilette, eben alles, was sich daheim bei so tüchtigen Hausfrauen wie Linas Freunden in klinisch reinem Zustand befand.

Der Sommer verging und es kam immer etwas dazwischen.

So versuchte Sybille jetzt, mit ausgiebigen Radtouren das Versäumte einigermaßen wieder wettzumachen.

An diesem Sonntag unternahm sie eine Rundfahrt, die sie durch zwei der umliegenden Ortschaften führte und dann über die Felder in großem Bogen wieder zurück.

Ob sie diese Rundfahrt wegen der Maisfelder so zusammengestellt hatte, unbewusst natürlich? Sie wollte nicht darüber nachdenken. Wer kannte schon sein Unterbewusstsein!

Ringsum auf den Maisfeldern war trotz des Sonntags hoher Erntebetrieb. Das Wetter ließ es zu, es hatte schon einige Tage nicht mehr geregnet, fast war es zu warm für die Jahreszeit.

Überall fuhren diese riesigen Maishäcksler und parallel neben ihnen die Schlepper mit ihren Anhängern. Anfangs blieb Sybille noch stehen und sah zu, wie das Erntegut auf den Hänger geblasen wurde, der im Nu voll war und zurück auf die jeweiligen Höfe gefahren wurde.

Unglaublich, mit welchem Maschinenaufwand so eine Maisernte geschah! Und wie riesig diese Maschinen waren! Was mochten die in der Anschaffung gekostet haben?

Ob Hans-Jörg hoch verschuldet war?

Erst seit sie ihn kannte, war ihr der viele Mais in der Umgebung aufgefallen. In der Presse und im Fernsehen wurde häufig die sogenannte Vermaisung angeprangert. Aber wenn der Mais half, dass es mehr regenerative Energie gab? Lieber wollte Sybille sich dazu keine Meinung bilden, zumindest keine kritische. Vielleicht, weil es Hans-Jörgs Broterwerb war.

Sie genoss das Gefühl, auf den Makadamwegen an den über zwei Meter hohen Pflanzen vorbeizuradeln.

Mitten in diesem Dschungel aus Mais bekam der Vorderreifen einen Platten.

Dass es das in der heutigen Zeit noch gab?!

Am Sattel hing kein Reparaturset. Aber was hätte es ihr genutzt? Sie wusste sowieso nicht, wie man einen Reifen reparierte.

Sie stieg ab, schimpfte gewaltig auf die Reifenindustrie und auf ihren Übermut, sich eine so große Strecke mit dem Rad zugemutet zu haben, und machte sich übellaunig, zu Fuß und das Rad schiebend, auf den noch sehr, sehr weiten Rückweg.

Der Mais rechts und links von ihr, über den sie bis vor wenigen Minuten noch hatte hinwegschauen können, überragte sie nun um einiges. Seine Höhe machte sie klein und entfernte sie von allem, was außerhalb des Makadam-Feldweges vor sich ging. Ihr war, als liefe sie an beweglichen grünen Wänden entlang.

Die gesamte Atmosphäre hatte sich schlagartig verändert.

Der Motorenlärm war verschwunden. Sie hörte Grillen und Vogelgezwitscher. Schmetterlinge flogen vor ihr her. Weil ihr kein Fahrtwind mehr ins Gesicht blies, spürte sie nun die ausstrahlende Wärme des Ackerbodens. Ihr fielen sogar alte Wanderlieder aus der Kindheit ein, und sie versuchte tatsächlich, vor sich hin zu singen. Dazwischen musste sie immer wieder den Erntewägen ausweichen, die ihr entgegenkamen oder sie von hinten überholten. Der Geruch des gehäckselten Maises war unbeschreiblich intensiv.

Aber irgendwann wurde sie von der aufkommenden Müdigkeit eingeholt. Durstig war sie schon lange. Und die Schuhe begannen zu drücken.

Die Dämmerung setzte ein. Schon lange war kein Erntewagen mehr gekommen.

Während die Schwüle immer mehr zunahm, wurde sie von ganzen Schnakenwolken entdeckt. Alle eben noch genossene und besungene Schönheit der Natur verblasste.

Wütend schimpfte Sybille vor sich hin. Und passend dazu begannen sich über ihr Gewitterwolken aufzutürmen.

Endlich kam hinter ihr wieder ein Erntewagen. Sie drehte sich um. Nein, es war einer dieser überdimensional breiten Maishäcksler. Aus der Nähe betrachtet waren sie so unglaublich breit und hoch, dass sie geradezu unheimlich aussahen.

„Hoffentlich bemerkt mich der Fahrer", dachte sie. Sicherheitshalber wich sie ins Maisfeld aus, wobei sie einige Maisstängel abknickte, und drückte ihr Rad fest an sich.

Der Maishäcksler hielt direkt neben ihr und stellte seinen Motor aus.

„Na, wenn das kein Zufall ist!", rief der Fahrer von hoch oben herunter.

Hans-Jörg!

Gott sei Dank!

„Soll ich dich mitnehmen?"

Sybille nickte.

Hans-Jörg kletterte von seiner Fahrerkabine herunter.

„Ein Platten!"

Wieder nickte sie nur. Sie hatte einen Kloß im Hals und Tränen stiegen ihr in die Augen. Es musste aus purer Erleichterung sein, denn inzwischen tat ihr wirklich alles weh. Füße, Beine, Rücken, Kopf, einfach alles.

Oder war es die Freude, Hans-Jörg wiederzusehen?

Mit einem Seil band er das Fahrrad fest und schob Sybille nach oben in die Fahrerkabine.

Fantastisch, der Blick von hier oben. Von dieser Höhe aus sah die Welt doch gleich wieder freundlicher aus. Trotz der Gewitterwolken und des ersten Donnergrollens.

Sofort begann sie den hereinbrechenden Abend zu genießen.

In der Nähe flog ziemlich tief ein Ultra-Leichtflugzeug.

„Sieht aus wie ein Gleitschirm. Und schrecklich laut", sagte sie.

„Es ist ein Trike, kein Gleitschirm, da sitzt unten einer drin. Es stimmt, wenn der Motor nicht lärmgeschützt ist, können die unangenehm laut sein, aber nur, wenn man direkt unter ihnen ist."

„Was macht der so tief, will der landen?", fragte sie.

„Ich weiß nicht, der muss sich verflogen haben. Der Sportflugplatz ist weiter im Westen."

In diesem Augenblick blitzte es gewaltig, und ein heftiger Donnerschlag folgte.

„Wenn der mal heil runterkommt."

Dann öffnete der Himmel seine Schleusen.

## Im Gewitter und danach

*Herbst*

Derweil saßen Emma, Hilde, Marie und Anna gemeinsam bei den Tieren im Garten. Lina war wieder einmal unterwegs – diesmal für einige Tage mit einem Busunternehmen in Tirol. Emma und Hilde trauten sich so eine weite Reise nicht mehr zu, Marie und Anna sowieso nicht. Sie waren mit ihrem täglichen Trott zufrieden und ausgelastet.

Ihren sonntäglichen Mittagsschlaf hatten die vier beendet, auch schon zusammen Kaffee getrunken und den gewohnten Hefezopf mit Nussfüllung gegessen. Hilde hatte ihn gemacht und er war wirklich besser als jeder Zopf aus einer Bäckerei.

Ohne Lina fühlten sich die vier fast ein wenig allein gelassen. Die Gespräche stockten etwas. Vielleicht bereute Emma doch, nicht mitgefahren zu sein. Auch Hilde erwähnte auffällig häufig, dass der Herbst in Tirol wunderschön sei. Die leuchtenden Bergspitzen, der klare blaue Himmel, die bunte Waldfärbung … Ohne Lina war es zumindest sonntags langweilig.

Deswegen, oder weil es für Oktober zu warm, ja fast schwül war, lag eine gereizte Stimmung in der Luft. Trotzdem hatten sich alle vier in der beginnenden Dämmerung auf den Sitzbänken bei Huhn Berta und den Hasen getroffen, um zusammen dem eindrucksvollen Wolkenspiel am Himmel zuzuschauen.

„In Tirol ist hoffentlich schönes Wetter", sagte Hilde.

„Dass sich die Lina so eine Fahrt in einem Bus zutraut, nachdem Günter doch auf so einer Fahrt gestorben ist“, seufzte Marie.

„Der Blitz schlägt nie zwei Mal an einer Stelle ein“, argumentierte Emma. „Warum also soll diesmal Lina auf so einer Fahrt sterben?“

Die Frauen schwiegen wieder und hingen ihren Gedanken nach.

Aus der Ferne hörte man es donnern.

„Ein Gewitter zieht auf“, sagte Marie. „Wenn das nicht von den vielen Mähdreschern kommt!“

Sie hatte heute wirklich einen ihrer trüben Tage.

„Warum soll ein Gewitter kommen, wenn Mähdrescher unterwegs sind?“, fragte Emma leicht gereizt.

„Es ist Sonntag, da soll nicht gearbeitet werden! Gott lässt sich das nicht bieten!“

„Jetzt hör aber auf! Gott straft doch die Menschen nicht mit einem Gewitter, bloß weil sie am Sonntag ernten. Der restliche Mais geht doch kaputt, wenn sie das trockene Wetter nicht ausnützen!“ Die immer sanfte Hilde begann sich jetzt wirklich aufzuregen.

„Die ernten Mais, um ihn zu verbrennen“, beharrte Marie.

„Du! Ich kann dieses sektiererische Geschwätz nicht ertragen“, mischte sich Emma ein. „Haben du und dein Mann früher nie sonntags gearbeitet? Wer hat denn am Sonntag eure Kühe gemolken? Und das Heu reingeholt, wenn es gerade trocken war?“ Emma war kurz davor aufzustehen, um die Runde zu verlassen.

„Ja, stimmt, das haben wir auch gemacht. Aber vielleicht haben wir deshalb keine Kinder bekommen.“ Marie war kurz vor dem Weinen.

„Ihr habt keine Kinder bekommen, weil entweder dein Mann keine Kinder zeugen oder du keine Kinder bekommen konntest.“ Hilde hatte sich wieder etwas beruhigt und versuchte nun, wie eigentlich immer, einen aufkommenden Streit zu verhindern.

„Ihr könnt immer alles so positiv sehen. Ich kann das nicht.“ Marie holte ihr Taschentuch heraus und wischte sich die Tränen aus den Augen.

Eine Weile blieben alle still.

Dann sagte Emma: „Es gibt für alles einen Grund, für alles, was auf der Welt passiert, und für alles, was mit uns Menschen geschieht. Und bei den meisten Dingen werden wir nie den Grund erfahren, warum sie passiert sind. Da ist es besser, man nimmt sie so, wie sie kommen, und wenn was schiefgeht, schiebt man die Schuld nicht auf Gott. Denn meistens haben wir Menschen etwas falsch gemacht. Oder die Dinge sind einfach so, wie sie sind!“

Hilde ergänzte: „Man muss einfach lernen, auf Gott zu vertrauen.“

Am Himmel türmten sich hohe Gewitterwolken auf.

Das Donnern kam näher.

Anna, die wie meistens nur still dabeisaß, räusperte sich. „Ich hol die Gänse vom Teich, bevor das Gewitter da ist“, sagte sie, zog den Rollator heran und machte sich auf den Weg.

Windböen kamen auf. Am Horizont war der erste Blitz zu sehen.

Die anderen standen jetzt ebenfalls auf.

Hilde sah nach ihrem Huhn, da war alles in Ordnung.

Emma redete noch kurz mit ihren Hasen und sah dabei nach, dass die Stalltürchen fest verschlossen waren.

Auch Marie war aufgestanden. „Alma hat ja einen Unterstand!“, sagte sie, ihre Besorgnis vor den anderen versteckend.

„Deiner Alma passiert schon nichts. Komm mit rein“, sagte Emma betont versöhnlich, schließlich war heute immer noch Sonntag. „Wenn du willst, kannst du während des Gewitters zu mir aufs Zimmer kommen.“

An Anna dachte im Augenblick niemand. Diese eilte, so schnell es ihr möglich war, mit ihrem Rollator hinüber zum Gänseteich. Sie hatte in ihrem Leben schon so viele Gewitter erlebt, sie machte sich keine Sorgen mehr um ihre eigene Sicherheit. Aber die Gänse, die waren es ja nicht gewohnt, bei einem Gewitter draußen zu sein. Es war besser, sie kamen in ihr Gehege mit dem sicheren Stall.

Sie öffnete das Gatter zur Gänsewiese und begann die Tiere zu locken.

Über ihr war auf einmal ein blecherner Lärm. Sie schaute auf. Ein Leichtflugzeug flog so tief über ihr, dass sie meinte, es streife sie am Kopf. Im gleichen Augenblick blitzte es gewaltig, und ein heftiger Donnerschlag folgte fast zeitgleich.

Die Gänse schreckten hoch.

Laut schreiend flüchteten zwei auf das Wasser und paddelten mit kräftigen Flügelschlägen zur Teichmitte, die anderen zwei, es waren die beiden jungen, flogen ebenso schrill schreiend über die Umzäunung und flüchteten in Richtung Wald.

Was mit dem Leichtflugzeug passierte, dafür hatte Anna keinen Blick. Aber ihre Gänse! Die auf dem Teich, das ging ja noch. Aber die beiden, die in den Wald geflüchtet waren? Es waren doch die Jungen. Wenn die sich im Wald verliefen, die fänden doch nie mehr heraus!

Und nun öffnete der Himmel auch noch alle seine Schleusen.

Binnen einer Sekunde war Anna vollkommen durchnässt.

Kurz rief sie nochmals nach den Gänsen auf dem Teich, aber die zeigten keine Reaktion.

Ungeschickt wendete Anna ihren Rollator.

„Ich muss in den Wald", dachte sie. Die beiden Gänse würden nicht zurückfinden.

Es blitzte und donnerte, der Regen peitschte wolkenbruchartig auf sie herab. Sie kam kaum vorwärts.

Wenn den Gänsen etwas passierte! Wenn denen etwas passierte!

Manfred, sie musste zu Manfred, der kannte ja jetzt die Gänse. Der wusste bestimmt, was zu tun war.

Es dauerte ziemlich lange, bis sie den Trampelpfad zwischen Gänsewiese und Pensionsgelände überwunden hatte. Und dann musste sie noch fast um das ganze Haus, um über die Auffahrrampe vor Manfreds Zimmer zu gelangen.

Die erste Heftigkeit des Regens hatte nachgelassen.

Sie klopfte an Manfreds Tür.

Es dauerte, bis er öffnete.

„Anna!" Manfred stand unter der Tür. „Komm rein. Schnell. Was ist passiert?"

„Die Gänse. Sie sind im Wald."

Manfred konnte sich das Geschehene ziemlich schnell vorstellen. „Du hast sie holen wollen, dann hat es zu laut gedonnert, und dann sind sie ausgebüxt."

Anna nickte.

„Im Wald sind sie sicher", versuchte er Anna zu beruhigen.

„Die finden den Weg nicht mehr. Es sind die beiden jungen. Und im Wald sind Füchse."

„Wenn es zu regnen aufgehört hat, fahr ich mit Arco hinauf an den Waldrand und wir rufen nach ihnen", versprach Manfred.

„Ich muss mit!"

„Ja, aber zieh dir bis dahin etwas Trockenes und Warmes an, dass du dich nicht erkältest."

So schnell der Gewitterregen gekommen war, so schnell hörte er auch wieder auf. Anna hatte sich trockene warme Kleidung angezogen, Manfred hatte sein Sauerstoffgerät am Rollstuhl befestigt und ein großes Regencape über sich und den Elektrorollstuhl gebreitet.

Arco betrachtete das Ganze mit Gelassenheit. Für ihn war es immer schön, mit seinem Herrchen unterwegs zu sein. Aber Anna? Warum die dabei war?

Am Waldrand angekommen, begannen Anna und Manfred abwechselnd, in den Wald zu rufen.

Nichts geschah.

Die Gänse kamen nicht. Sie waren weder zu sehen noch zu hören. Inzwischen war es im Wald stockdunkel und ziemlich kalt.

Manfred fror. Er schaute hinüber zu Anna. Für sie musste die Kälte noch viel schlimmer sein. Sie hatte zwar einen Mantel an und ein Kopftuch auf, aber sie war ja vorhin ganz nass geworden und sicher noch nicht wieder warm.

„Anna."

Sie sah zu ihm hinüber. Die Angst, er könne sagen, dass er zurückwolle, war ihr anzusehen.

„Anna, ich will etwas versuchen. Arco kennt die Gänse. Und die Gänse kennen ihn. Ich versuche ihm zu sagen, er soll die Gänse suchen. Irgendwie wird er sie finden."

„Kann er das denn?"

„Ich weiß es nicht."

Arco hatte mitbekommen, dass sein Herrchen über ihn redete. Er stellte sich ganz dicht neben den Rollstuhl, legte seinen Kopf auf Manfreds Knie und wedelte mit der Rute.

Manfred fasste ihn hinter den Ohren an. „Arco, such die Gänse. Geh in den Wald, such die Gänse."

Arco schaute ihn aufmerksam an.

„Geh in den Wald, such die Gänse! Such!"

Arco reagierte mit einem leisen Winseln. „Nein, ich kann nicht mit", sagte Manfred. „Geh allein. Such die Gänse!"

Der Hund drehte sich weg, lief einige Schritte in den Wald, blieb dann stehen und schaute zurück.

„Geh! Arco, geh! Such die Gänse!"

Als hätte Arco den Befehl verstanden und sich nur vergewissern wollen, drehte er sich wieder um und lief in den Wald.

„Hat er es verstanden?"

„Ich weiß es nicht. Aber du weißt ja, Chow-Chows können auch zu Hütehunden erzogen werden. Vielleicht war einer seiner Vorfahren ein Hütehund und die Fähigkeit schlummert in seinen Genen."

Anna wusste nichts von Genen, aber sie verließ sich auf Manfred.

Die Zeit schlich dahin.

Beide froren entsetzlich.

Eigentlich wollte Manfred aufgeben. Noch zehn Minuten, sagte er sich, dann fahr ich zurück. Arco würden den Weg alleine finden.

Nach zehn Minuten gab er den Gänsen und Arco nochmals zehn Minuten.

Dann –

„Psst. Ich hör etwas." Er hielt die Luft an.

„Ich hör nichts." Anna lief ohne Rollator einige Schritte weiter in den Wald und stürzte fast über eine nasse Wurzel.

„Bleib stehen! Nicht, dass du hinfällst."

Anna blieb stehen und hielt sich mit der Hand an einem Baumstamm fest.

Manfred startete seinen Rollstuhl und fuhr, vorsichtig mit der Taschenlampe leuchtend, an ihr vorbei und ein Stück weiter in den Wald.

Dann sah er sie.

Zwei aufgeregte junge Gänse, die Hälse hochgereckt, kurze Schreie ausstoßend, die Schwingen weit auseinander. Hinter ihnen Arco, der sich immer wieder auf den Boden legte, wenn die Gänse stehen blieben, und sich dann vorsichtig, den Körper über den Boden schiebend, an sie heranrobbte, um sie zum Weitergehen zu bewegen. Büxte eine der beiden vom Weg ab in den Wald, stellte er sich auf, lief in großem Bogen an ihr vorbei und drängte sie dann leicht geduckt wieder auf den Waldweg zurück.

„Gut, Arco, gut. Toller Junge. Du kannst stehen bleiben."

Er drehte sich um und rief Anna zu: „Die Gänse sind da, ruf sie mal!"

Kurz darauf vernahm er Annas Lockruf, und auch die Gänse hörten Annas vertraute Stimme. Mit lautem Geschrei und hektischem Flügelschlag liefen sie an Manfred vorbei, stürzten sich auf Anna und begrüßten sie. Ohne Schwierigkeiten ließen sie sich von ihr aus dem Wald führen.

Manfred und Arco kamen in einigem Abstand hinterher.

„Das kann man keinem erzählen", sagte Manfred und schüttelte immer wieder den Kopf. „Das glaubt uns niemand."

## Es wird kalt

*Ende Oktober*

Es war erst Ende Oktober, aber doch schon ziemlich kalt. Das gelb gewordene Laub fiel von den Bäumen und Sybille war fast täglich mit Laubrechen beschäftigt.

Hilde hatte den letzten Salat aus den Hochbeeten abgeerntet und die winterfesten Kräuter mit Mulch schon auf die kommende Fröste vorbereitet. Die schützenden Tannenzweige sollten erst später darüberkommen. Ihren geliebten Lorbeertopf brachte sie zusammen mit Rosmarin und Thymian in einen hellen Kellerraum.

Lina hatte die welk gewordenen Tomatenstöcke auf den Kompost geworfen und die letzten Tomaten, sie waren noch grün, zum Nachreifen auf die Fensterbank in der Wohnküche gelegt. Danach hatte sie Pferdemist besorgt – in einem alten Kinderspieleimer aus Plastik – und ihr Tomatenbeet damit gedüngt. „Über diesen frischen Pferdemist muss Frost drüber!", erklärte sie Sybille. „Sonst verbrennen im Frühjahr die neuen Setzlinge in diesem Dung."

Und Emma räumte ihre Blumenkästen nun endgültig aus. Marie half ihr dabei. Die Obstkisten, in denen die Geranienwurzeln überwintern sollten, waren ja schon vorbereitet. Und Marie konnte noch leichter immer wieder treppauf und treppab gehen als Emma mit ihrer Hüfte.

Die beiden stritten sich zwar häufig, aber nie wurde daraus ein längeres Zerwürfnis. Es war wirklich so, dass sich Marie von Emma einiges sagen ließ und danach versuchte, Fehler an sich abzustellen. So hatte sie nach Emmas Vorwürfen damals ihren Geburtstag doch noch gemeinsam mit den alten Damen gefeiert. Alle hatten dazu beigetragen, und mit gekaufter Torte am Nachmittag und belegten Broten am Abend war es ein rundum gelungener Tag gewesen. Marie hatte sogar Peter und Hans-Jörg eingeladen, und Sybille sowieso. Marie versuchte auch freundlicher zu sein, nicht immer nur vor sich hinzugrübeln, auch Schönes zu sehen und sich mehr zu bedanken.

Nur mit dem von Emma geforderten Optimismus wurde es nichts. In ihrem hohen Alter schien sie ihr Wesen nicht mehr grundlegend umstellen zu können, aber immerhin versuchte sie, anderen mit ihren düsteren Prognosen nicht mehr auf den Geist zu gehen, sondern einfach mal den Mund zu halten.

Zudem war sie seit einigen Tagen schwer beschäftigt. Die Reportage über Kuh Alma war veröffentlicht worden und Marie hatte über die Redaktion des WOB unglaublich viel Post erhalten. Es waren nur wenige negative Briefe dabei, die meisten Zuschriften waren freundlich. Sehr viele schrieben, sie hätten nicht gewusst, dass den Mutterkühen in der Milchwirtschaft ihre Kälber so früh weggenommen wurden. Und dass sie ab jetzt weniger Milch trinken wollten.

Wo es gewünscht wurde, beantwortete Marie die Briefe und legte auch ein Bild von Kuh Alma zusammen mit Kyly dazu, aber auch sie gab die Adresse der Pension nicht preis.

Nun sollte Annas Interview kommen.

Doch Anna hatte inzwischen eine schier unüberwindliche Angst vor diesem Interview entwickelt. Nein, sie wolle nicht mit dem Reporter reden und auch nicht, dass ihre Gänse fotografiert würden.

Emma beruhigte sie. „Keine Sorge, du musst nicht mit dem Reporter reden. Man kann es doch auch so machen, dass der Reporter Manfred interviewt und dabei die Geschichte von Arco und deinen verirrten Gänsen erzählt. Das ist nämlich eine unglaublich tolle Geschichte." Manfred war sofort einverstanden gewesen. Der Stolz auf seinen Hund leuchtete ihm aus den Augen.

Drei Tage vor Allerheiligen fuhren Emma, Lina und Marie zum Grab von Maries Mann. Während Marie es für die Feiertage schmückte, setzten sich Lina und Emma in ein Café, Marie sollte danach zu ihnen stoßen.

Es war noch nicht so viel Zeit vergangen, seit Marie zum letzten Mal auf dem Friedhof gewesen war, aber dieses Mal kam es ihr vor wie ein lang verstrichener Zeitraum. In ihr Leben war inzwischen so viel Abwechslung gekommen! Natürlich war da die Freude, dass Kuh Alma und Kyly sich so gut vertrugen, aber auch die Menschen um sie herum wurden ihr immer wichtiger, und ganz besonders ihre wiederentdeckte Freundschaft mit Lina. Allmählich verschwanden die allerdüstersten Gedanken und Marie spürte, dass sich für sie alles zum Besten gewendet hatte.

Deshalb befürchtete sie beim Anblick des Grabsteines auch keine Vorhaltungen mehr, die ihr Mann ihr aus dem Jenseits hätte machen können, weil sie den Hof verkauft hatte und weggezogen war. Sie verspürte auch kein schlechtes Gewissen, weil es ihr inzwischen so gut ging, obwohl ihr Mann tot war.

„Weißt du, das Leben geht weiter", sagte sie ihm, während sie den Grabstein nochmals abwischte, die letzten verwelkten Blüten von der Grabbepflanzung abzupfte und in einen mitgebrachten Kompostbeutel steckte. „Und da ist noch etwas, was ich dir sagen möchte: Du brauchst nicht zu warten, ich komm erst nach Weihnachten wieder."

Danach verließ sie eilig den Friedhof.

Zum gleichen Zeitpunkt herrschte in der Senioren-WG hellste Aufregung. Irgendeine Verstopfung oder sonst was hatte dazu geführt, dass die Wohnküche unter Wasser stand. Sybille rief den Klempner an, aber der hatte den Anrufbeantworter eingeschaltet, da er wohl gerade bei einem Kunden war.

Drüben bei Hans-Jörg und Peter nahm auch niemand ab.

„Versuch's mal bei Hannes", riet Hilde.

„Hannes?", fragte Sybille skeptisch. „Kann der denn auch Klempnern?"

„Hannes ist sehr praktisch, der kann ziemlich viel."

„Mach du das."

Hilde rief bei Hannes an. Gott sei Dank war er erreichbar, und er kam auch sofort mit seinem Haflinger und einem großen Werkzeugkoffer.

„Das ist sicher eine alte kaputte Dichtung!"

Und dem war auch so. Hannes schickte Sybille mit der kaputten Dichtung ins Geschäft des Dorfklempners, und nach relativ kurzer Zeit war die Zuleitung wieder dicht.

„Ihr müsst mal nach den anderen Dichtungen im Haus schauen lassen. Wenn die auch so alt sind wie diese hier, dann habt ihr bald in allen Räumen Hochwasser."

„Kannst du das nicht machen? Du hast doch Zeit, und wir bezahlen dich." Hilde wusste, dass es Hannes finanziell nicht so gut ging. Seine Frau Ottilie war an Alzheimer erkrankt, und er brauchte immer wieder zusätzliche Hilfe – und die kostete Geld.

„Doch, das mach ich euch. Ich komme immer dann, wenn es Ottilie gerade etwas besser geht."

Am Abend bekam Sybille einen Anruf von Hans-Jörg. „Du, ist etwas passiert bei euch, du hast angerufen?“

„Wir hatten Wasser in der Küche. Hilde hat dann Hannes gerufen, und der hat das tatsächlich hingekriegt.“

„Und, was war der Grund?“

„Eine alte Dichtung.“

„Wir waren den ganzen Tag unterwegs. Ich habe Peter geholfen, die Herde heimzuholen. Er ist jetzt noch auf der Weide bei den Tieren, und ich muss noch seine Hühner und Schweine füttern. Gut, dass bei euch alles wieder in Ordnung ist.“

„Ja, es ist alles in Ordnung. Danke für deinen Rückruf. Tschau.“

Sybille legte auf.

Es war schön gewesen, Hans-Jörgs Stimme zu hören. Sie räumte noch ein wenig in der Wohnküche auf. Draußen war es schon ziemlich dunkel, die alten Damen waren alle in ihren Zimmern. Morgen würde ein anstrengender Tag für die Frauen werden. Für Allerheiligen wollten auch sie, wie Marie zuvor, die Gräber schön schmücken. Die Gestecke dazu hatten sie schon vor Tagen gekauft, sie lagen unten im Keller.

Sybille musste an ihre eigenen Eltern denken. Für sie gab es kein Grab zu schmücken. Sybille war noch ein Kind gewesen, als ihre Eltern für ein Jahr als Entwicklungshelfer nach Kenia gingen, aber von dort nie mehr zurückkehrten. Eine tödliche Epidemie hatte das Dorf erfasst, in kürzester Zeit waren ihr viele zum Opfer gefallen. Auch Sybilles Eltern. Danach hatte sie ihre Kindheit und Jugend in einem Internat verbracht, viele Ferien bei Großtante Charlotte.

Auf einmal wurde Sybille bewusst, wie allein sie in Wirklichkeit war. Sie kannte dieses Gefühl, von Kindheit an, aber seit sie die Pension führte, war es nicht mehr mit einer solch unerbittlichen Heftigkeit über sie gekommen. Eine Leere wollte sich in ihr auftun.

Sie setzte sich an den großen Tisch in der Wohnküche. Wie wäre ihr Leben verlaufen, wenn ihre Eltern wieder aus Kenia zurückgekommen wären?

Wer wäre sie geworden, wenn sie bei ihnen hätte aufwachsen dürfen?

Hätten die Ideale der Eltern sie geformt, geprägt? Oder wären die eigenen Lebensentwürfe stärker gewesen?

Wo würde sie heute leben?

Ein Gedicht von Robert Frost fiel ihr ein: „The Road Not Taken“, der unbegangene Weg.

Zwei Wege liegen vor einem Wanderer: Ein häufig und ein kaum begangener. Der Wanderer kann nur einen Weg wählen, nur auf einem weitergehen. Er nimmt den wenig begangenen. Und dies macht den Unterschied!

Für sie selbst hatte es nicht den häufig begangenen Weg gegeben, jenen, den man zusammen mit der Familie nahm. Ihr Weg war der von Wenigen begangene. Welcher wäre der glücklichere gewesen, der leichtere?

Wäre er auch der erfülltere geworden?

Hatte sie irgendwann eine Wahl gehabt? Wo hatte sie sich bewusst für einen Lebensinhalt entschieden?

Hatte sie ihr Leben nicht einfach nur immer so dahinplätschernd verbracht, sich von äußeren Einflüssen lenken lassen, sich planlos treiben lassen? Auch hier, diese geerbte Pension. Sie lebte hier einfach nur.

Auf einmal fühlte sie sich verloren, heimatlos. Und einsam.

„Hast du irgendwo eine oder zwei Gartenscheren?“ Lina war nochmals in die Wohnküche gekommen. „Wir bräuchten morgen noch welche. Der Grabschmuck ist ja in Ordnung, aber die Tannenreiser direkt auf den Gräbern müssen noch etwas zugeschnitten werden.“

Sybille drehte sich zu ihr um. „Oh …“

Lina schaute sie fragend an. „Ist etwas los mit dir?“

„Nein, eigentlich nicht. Ich hab mich nur etwas alleine gefühlt. Ihr habt alle eine Familie, ich hatte nie eine.“ Schnell stand sie auf und wühlte in einer Küchenschublade.

Lina schaute ihr zu. „Du hast kein Grab zu richten. Ich weiß das von Kenia, dass deine Eltern an einer Seuche starben und sehr schnell in einem Massengrab beerdigt werden mussten. Aber glaub mir, Erinnerung oder Trauer werden nicht leichter durch ein sichtbares Grab. Es muss trotzdem alles ganz tief in einem selbst verarbeitet werden.“

„Ich habe gerade darüber nachgedacht, wie mein Leben verlaufen wäre, wenn ich nicht allein groß geworden wäre, oder wenn meine Eltern noch leben würden. Ich wäre wenigstens nicht allein.“

„Was geschehen ist, ist geschehen. Das muss jeder von uns irgendwann akzeptieren lernen. Ich weiß, dass du keine näheren Angehörigen hast. Aber schau dich doch mal um! Kommst du dann immer noch auf den Gedanken, du seiest allein?“

Sybille spürte: Doch, sie hatte in ihrem Leben eine Wahl gehabt – und sie getroffen.

Den weniger begangenen Weg.

## Reformationstag

*31. Oktober*

Am 31. Oktober war Reformationstag. Sybille hatte gar nichts mit diesem Gedenktag anfangen können. Erinnerung an diesen Luther, der vor fünfhundert Jahren die Kirche von Grund auf reformiert hatte. Was ging sie das an?

Peter hatte sie eingeladen. „Dass du auch mal wieder unter junge Leute kommst!“, meinte er. Seine ganze Clique würde kommen, alles Jungbauern wie er, die sich ebenfalls mit der Haltung und Zucht von Galloways beschäftigten.

Warum er sie dazu einlud, war ihr ziemlich egal gewesen, die Hauptsache war, dass auch Hans-Jörg mit dabei sein würde. Das genügte ihr.

Das Fest war schön. Peter grillte draußen, trotz der kühlen Temperaturen, die anderen saßen drinnen. Die beiden Brüder hatten alle Tische ihres Haushaltes zusammengeschoben, Salate hatten die Gäste mitgebracht, und ansonsten gab es zu allem einfach nur Bauernbrot. Die Stimmung war gut und die wenigen Ehefrauen, die dabei waren, machten auf Sybille alle einen patenten Eindruck.

Sie saß neben Hans-Jörg.

Es hatte sich so ergeben.

Nach dem Essen begann dann die Phase der Fachsimpelei, klar, es waren alles Jungbauern, die neue Wege als Landwirt beschritten, da wurde sich gegenseitig befragt, Erfahrungen wurden ausgetauscht, Tipps wurden gegeben. All dies war auch für Sybille als Außenstehende hoch interessant.

Am späteren Abend beschloss die Clique, noch ins Städtchen zu fahren. Sybille wollte nicht mit, sie war müde geworden. Auch Hans-Jörg wollte nicht mit.

„Trinken wir unseren Absacker bequem hier bei mir?“, fragte er sie.

Schon war sie nicht mehr müde.

Auf dem Tisch stand noch eine angebrochene Flasche Rotwein.

„Peter verwirklicht seine Lebensträume“, sagte Hans-Jörg, als er daraus eingeschenkt hatte.

„Und er hat für seine Tiere wirklich ein gutes Händchen. Sie dürfen bei ihm so artgerecht wie nur möglich leben“, fügte Sybille hinzu.

„Stimmt. Irgendwann wird er von ihnen auch leben können.“

„Steht er wirtschaftlich noch nicht auf eigenen Beinen?“ Sie war erstaunt.

„Nein, nein, noch zahlt er drauf. Aber immer weniger!“

Sybille schwieg. Eigentlich interessierte sie sich mehr für Hans-Jörgs Lebensträume. Und warum seine Frau damals einige Tage da gewesen war!

„Und du“, wagte sie einen Vorstoß, „wie hast du dir dein Leben so vorgestellt, also, ich meine, dein berufliches Leben?“

„Biobauer. Ich wollte immer ein Biobauer werden.“

„Und was kam dazwischen?“

„Ich musste mir ja erst einen eigenen Hof kaufen. Auf dem hier wurde schon Mais angebaut und es gab die Landmaschinen dazu. Das konnte ich finanziell überblicken. Später wollte ich umstellen. Anfangs lief auch alles ziemlich gut. Dann lernte ich meine Frau kennen. Ich hätte sehen müssen, dass sie nicht fürs Land geschaffen war. Sie ist ein Stadtmensch, durch und durch. Sie wollte keine Landwirtschaft. Sie liebt Pferde, sie kann sehr gut reiten, also wollte sie einen Reiterhof. Aber ich war immer noch hoch verschuldet, es wäre viel zu teuer und zu riskant gewesen, sie selbst hatte ja auch kein Geld. Also war unser Plan, weiterhin Energiemais anzubauen und mit ihm so viel Geld zu verdienen, bis wir mit einem Reiterhof starten könnten. Dann kam unsere Tochter. Dann gingen einige der übernommenen alten Landwirtschaftsmaschinen kaputt, ich musste neue kaufen, und danach gab es jahrelang fast keinen Gewinn.“ Hans-Jörg stockte. „In unserer Ehe begann es zu kriseln. Irgendwann lernte sie einen anderen Mann kennen, einen aus München, einen Banker, und sie ging zu ihm. Einen Reiterhof hat sie nicht mehr gewollt.“

„Und deine Tochter?“

„Die wollte mit ihrer Mutter gehen. Geht schon klar. Sie kommt ganz auf ihre Mutter. In München gäbe es auch die besseren Schulen, meinte meine Frau, aus unserer Tochter solle keine Bauersfrau werden. ‚Das mit dem Reiterhof, das bekommst du doch nicht hin!‘, hat sie gesagt. Was ja stimmt. Schau dich um.“ Hans-Jörg schwieg eine Weile. „So lief das. Und deshalb hänge ich immer noch im Energiemais herum.“

Sybille verstand jetzt, warum er so mürrisch, so verbittert war. Er hatte auch wirklich allen Grund dazu.

„Aber jetzt genug von mir, erzähl von deinen Lebensträumen“, forderte er Sybille auf.

„Bei mir ist auch nicht alles so gelaufen, wie ich es mir erhofft hatte. Ich habe Kunstgeschichte studiert, mein Wunschstudium. Nach dem Diplom bekam ich eine Stelle als Museumspädagogin in Aachen, und wer in Aachen lebt, kommt um Karl den Großen nicht herum. Ich begann, über den Kirchenbau zu Zeiten Karls zu recherchieren, er hat ja unglaublich viele Kirchenbauten in Auftrag gegeben. Leider gibt es die meisten von ihnen nicht mehr, und von denen, die noch vorhanden sind, ist so gut wie nichts bekannt. Zu diesem Thema wollte ich einen Bildband herausgeben. Dann kam die große Museumskrise, überall wurden Stellen gestrichen, meine auch. Eine Weile lebte ich vom Ersparten, eine neue Stelle fand ich nicht, und als dieses Erbe kam, habe ich zugegriffen.“

„Also, beim Altertum bist du ja geblieben“, lachte Hans-Jörg.

Auch Sybille musste lachen. „Bei einem sehr lebendigen Altertum!“

Die Weinflasche war leer. Hans-Jörg holte noch eine und öffnete sie.

„Du trinkst doch auch noch ein Glas?“, fragte er, beugte sich nach vorne, lächelte sie aufmunternd an und goss nach.

Sybille nickte. Zwar spürte sie den Wein schon im Kopf, aber sie wollte noch nicht heimgehen.

Die beiden prosteten sich zu und schauten sich dabei recht lange in die Augen. Selbst im Sitzen bekam Sybille schwache Beine.

Ein Kuss lag in der Luft.

Da stieg sie in ihr hoch, urplötzlich, diese seit Wochen ätzende Eifersucht.

„Ähm – deine Frau. Warum war sie letztens da?“

Sie spürte sofort, dass sie der wunderbar romantischen Atmosphäre einen argen Kratzer zugefügt hatte.

Trotzdem!

Sie musste es wissen!

Hans-Jörg räusperte sich und lehnte sich zurück. „Wir haben bisher nur getrennt gelebt. Das war finanziell gut für sie und ihren zukünftigen Mann, denn mit diesem Arrangement war er fein raus. Ich musste weiterhin kräftig für sie und unsere Tochter zahlen. Aber jetzt will sie sich scheiden lassen."

„Sei doch froh! Nach der Scheidung hast du doch wieder eine eigene, eine ungebundene Zukunft."

„Wenn das alles so einfach wäre, wie es von außen aussieht! Da ist noch so viel zwischen uns."

Er seufzte.

Da begriff sie. Er liebt sie immer noch. Er liebt diese Frau immer noch!

Sie gefror zu einem Eisklumpen.

„Ich geh. Bin müde."

„So plötzlich?"

„Der viele Wein." Sie stand auf.

„Soll ich dich begleiten?", rief Hans-Jörg hinter ihr her.

„Nein!"

Hätte sie ihn doch nicht gefragt.

Hätte sie sich doch beherrscht.

Es war noch lange hin bis Mitternacht. Heulend lief sie auf dem Trampelpfad zwischen Hans-Jörgs Hof und ihrer Pension zurück. Als sie am frühen Abend in Hochstimmung losgegangen war, hatten die alten Damen zusammen mit Schwester Renate in Emmas Wohnzimmer am großen Tisch gesessen und fromme Lieder gesungen. „Heute ist Reformationstag. Das ist für uns Alte immer noch ein wichtiger Feiertag", hatten sie ihr erklärt.

Schwester Renate hatte noch gefragt: „Wir stören doch nicht?"

„Aber überhaupt nicht! Singt so viel und so lange ihr wollt", hatte Sybille froh gelaunt abgewunken und war dann beschwingt zum Hof gelaufen.

Jetzt, nur wenige Stunden später, war alle frohe Laune verflogen. Als wäre sie eine Fremde, so ging sie auf die Pension zu.

In der Wohnküche setzte sie sich kurz hin.

Dass der seine Frau immer noch liebte.

Dass der die immer noch liebte!

Reformationstag.

Ja!

Inzwischen auch für sie.

Sie musste dringend ihre Wünsche reformieren.

## Novembergedanken

*November*

Der November ist einfach ein düsterer Monat. Die dunklen Abende setzen immer früher ein, nasskaltes Wetter, Nebel, die ersten Bodenfröste, und die Kirche trägt mit ihren Trauer- und Jenseitsgedenktagen wie Allerheiligen, Allerseelen, Buß- und Bettag und Ewigkeitssonntag noch das ihrige dazu bei.

Sybille hatte keine frommen oder mahnenden Jenseitsgedanken. Es waren sehr irdische Gefühle, die sie in ein fast bodenloses Loch hatten stürzen lassen. Hans-Jörg war für sie nur ein guter Nachbar. Ein guter und hilfsbereiter Nachbar, der aber immer noch auf die Fortsetzung seiner Ehe hoffte.

Sie hatte sich in ihm geirrt. Hatte seine Hilfsbereitschaft falsch gedeutet.

Sie war zornig auf Hans-Jörg, sie war zornig auf sich, sie war sogar zornig auf die Seniorinnen. Hätten die ihre Tiere nicht mitgebracht, dann hätte sie nie ihre Nachbarn gebraucht, nie diesen Hans-Jörg kennen gelernt und nie …

Erschreckend klar sah sie ihre Lebenssituation vor sich.

Sie war allein, hatte keinen Partner, keine Familie, keine persönliche Zukunftsperspektive, und lebte stattdessen mit fremden Menschen zusammen, die sie bis vor wenigen Monaten noch nicht einmal gekannt hatte. Mit „Alten", wie Peter sie immer nannte, die den größten Teil ihrer Zukunft schon längst hinter sich hatten.

Aber diesen Rest hatten sie sorgfältig geplant! Widerwillig musste Sybille dies anerkennen.

Schließlich hatte sie, Sybille, von dieser Senioren-WG nichts selbst initiiert. Sie hatte einfach nur mitgemacht. Hatte sich überreden lassen. Hatte sich mitreißen lassen.

War es nicht Lina gewesen, die mit immer neuen Vorschlägen kam und die Sybille immer richtig schienen?

Aber passend waren sie eigentlich nur für Lina. Und danach für Emma. Emma mit ihren Hasen, die ja eigentlich Kaninchen waren.

Und Hilde. Was für eine Geschichte!

Oder Anna. Wie war denn Anna in die Pension gekommen? Und Marie?

Natürlich durch Lina. Lina und Emma! Die beiden.

Und Manfred war durch Hans-Jörg in die Pension gekommen.

Hans-Jörg!

Alle hatten durch die Pension wieder eine eigene Zukunft.

Doch Sybille selbst?

Seit gestern keine mehr.

Alles war zerschlagen.

Mit unglücklichen Gedanken lief sie über den Hof der Pension. Sie musste Manfred daran erinnern, dass heute die Reporter vom WOB kamen. Sie würden Anna interviewen wollen, da war es besser, wenn Manfred dabei war. Denn ausgerechnet zu Manfred hatte die verschlossene Anna Vertrauen gefasst.

Wie jeden Morgen um diese Zeit waren die Seniorinnen dabei, ihre Tiere zu versorgen.

Anna hatte sich zu ihren Gänsen gesetzt, die Kälte schien ihr nichts auszumachen. Bei den niederen Temperaturen wurden die Gänse nicht mehr zum Teich getrieben, für den Winter blieben sie in ihrem Gehege.

„Guten Morgen, Sybille", grüßte Anna.

Sybille nickte nur kurz und ging weiter.

Emma schob Heu in die Hasenställe.

„Guten Morgen, Sybille", grüßte sie.

Auch jetzt blieb Sybille nicht stehen und nickte nur.

Hilde streute Futter für Huhn Berta ins Gehege und sah Sybille gar nicht. Auch gut!

Marie war drüben beim Öko und schaute nach Kuh Alma. Noch besser! Sybille hatte heute keine Lust, mit irgendjemandem zu reden. Schon gar nicht mit der immer leicht übellaunigen Marie.

Lina, die ja kein eigenes Haus- oder Nutztier mitgebracht hatte, hängte ihre Vogelhäuschen an den Büschen und Bäumen des Grundstücksrandes auf. Das war so abgesprochen, daran wollte Sybille jetzt auch nichts mehr ändern – obwohl Lina nicht nur zwei oder drei Futterhäuschen aufhängte, nein, unzählig viele. Dabei pfiff sie fröhlich vor sich hin. Es klang fast wie ein Lockruf.

„Hallo, Sybille", rief Lina ihr von der Leiter herunter zu.

Sybille hatte keine Lust, zu ihr zu gehen, und winkte ihr nur kurz.

Gerade Lina wollte sie heute nicht sehen.

Schließlich hatte sie alles ausgelöst.

Zwar konnte Lina nun wirklich nichts dafür, dass sich Sybille in diesen Muffel Hans-Jörg verliebt hatte, aber heute Morgen konnte sie weder ihr noch sonst irgendjemandem gerecht werden.

Sie war einfach zu deprimiert über ihre Lebenssituation.

Manfred hatte Sybille kommen sehen und öffnete ihr die Tür zu seinem Zimmer. Arco lag auf seiner Decke und wedelte ganz leicht mit seinem Schwanz.

„Guten Morgen", grüßte sie kurz, „ich wollte dich nur an das Interview mit denen vom WOB erinnern."

„Ja, ja, ich hab schon daran gedacht. Wir sind beide gerichtet."

Sybille nickte ihm kurz zu. „Ich glaub, sie fahren gerade in den Hof."

Dann ging sie. Sollte doch Manfred das Team begrüßen. Schließlich war es seine und Annas Geschichte.

Als Anna das Auto die Auffahrt herauffahren sah, stand sie rasch auf und flüchtete, so schnell sie ihren Rollator schieben konnte, ins Haus.

Manfred begrüßte das Team. Er erklärte den beiden Reportern, dass Anna für nichts in der Welt zu einem Interview über ihre Gänse zu bewegen sei, er den Reportern aber trotzdem eine außergewöhnliche Geschichte zu Annas Gänsen bieten könne. Er deutete auf seinen Hund und erzählte, wie sein Arco die beiden verirrten jungen Gänse im Wald aufgespürt und danach wie ein Hirtenhund herausgeführt hatte. Das Reporterteam reagierte etwas ungläubig. Ein Chow-Chow als Gänsehirte?

Aber Emma und Lina waren dazugekommen und bestätigten die Geschichte.

„Können wir das irgendwie in einem Bild dokumentieren? Also, Ihren Arco, wie er mit den Gänsen zusammen ist?"

„Ja, das geht gut, alle vier Gänse haben inzwischen ihre Scheu vor dem Hund verloren. Ich werde sie aus ihrem Gehege locken und Arco sagen, er soll sie am Zaun entlang vor sich hertreiben. Dann können sie es mit eigenen Augen sehen. Wir haben es für sie vorbereitet."

Emma öffnete das Gehege und lockte die Tiere heraus. Lina stellte sich so, dass ihnen der Weg zum Gänseteich verstellt war.

Arco wusste, was er tun sollte. Die Gänse auch. Mit vorgerecktem Hals, aber kaum protestierend, ließen sie sich den Zaun entlangtreiben. Und tatsächlich, es klappte. Natürlich versuchten die vier, hinüber zum Teich zu gelangen, aber Arco trieb sie stets vorsichtig zurück. Dabei führte er vor, wie er sich immer wieder hinter ihnen auf den Boden legte, um sie zu beruhigen, und zeigte, wie er halbhoch aufstand und sie vorsichtig und langsam in die gewünschte Richtung lenkte[5].

„Nicht zu glauben", sagte der Reporter immer wieder, „wenn ich es nicht mit eigenen Augen sehen würde, ich würde das Ganze für einen Schwindel halten. Das ist eine super Story!"

„Das hätte ich gerne gefilmt, mit Bildern kommt das nicht so deutlich rüber", sagte der Fotograf bedauernd. „Ich werde es mit einer Bilderfolge probieren."

„Sie versprechen aber hoch und heilig, dass Sie Anna nicht erwähnen und auch nicht unsere Adresse", mahnte Lina.

„Wir versprechen es Ihnen wirklich. Nur schade, dass Sie kein Tier haben. Bei Ihnen wäre es doch sicher auch eine außergewöhnliche Geschichte geworden."

Lina lachte. „Warten wir es ab, was nicht ist, kann ja noch werden!"

Emma schaute sich um. „Wo ist Sybille?"

„Sie ist gleich wieder gegangen", antwortete Manfred.

„Irgendwie ist sie heute Morgen komisch", fügte Lina hinzu. Dann aber ging sie wieder hinüber zu den Büschen und Bäumen und hängte pfeifend weitere Vogelhäuschen auf.

Inzwischen war Hannes gekommen. Lina hatte ihn um Hilfe gebeten, denn einige Futterstellen und Vogeltränken wollte sie auf dünnen Stämmchen auf dem Boden aufstellen. Hannes sollte sie stabil in den Boden rammen und dann von unten Stacheldraht zum Schutz vor Katzen und Mardern anbringen. Außerdem mussten die großen Vogelhäuser für die Amseln stabil in den Ästen befestigt werden.

Es wurde später Nachmittag, bis alles fertig war.

Die beiden bewunderten ihr Werk. Lina strahlte. Alles sah sehr gut und einladend aus. Säckeweise hatte sie Vogelfutter gekauft, Weichfutter für die Amseln, Meisenknödel für die Meisen und Körnerfutter für alle anderen. Großzügig verteilte sie es in die Futterhäuschen.

Die ersten Spatzen kamen auch sofort.

Von ihrer Wohnung aus beobachtete Sybille das Ganze.

---

[5] Vergleiche auf YouTube: Entenhüten mit Marina Kersten vom 17.10.2010. Online unter: https://www.youtube.com/watch?v=so5miAngZ7o (letzter Abruf: 28.10.2019). Marina Kersten zeigt mit ihren Border Collies das Hüten von vier Gänsen auf der Messe „Hund & Pferd" in der Westfalenhalle Dortmund.

Jetzt begriff sie auch, warum Lina so unbedingt die beiden Zimmer gewollt hatte, in denen sie nun lebte: Von dort aus konnte sie praktisch den ganzen Tag dem Treiben der Vögel zuschauen. Diese Frau hatte im Frühling schon gewusst, was sie im Winter wollte.

Wäre sie nicht gerade zornig auf sie, sie würde ihr dafür Respekt zollen.

Auch in den nächsten Tagen besserte sich Sybilles Laune kaum. Das nasskalte Wetter, der ständig graue Himmel, der sich kaum auflösende Nebel, das alles drückte sie immer weiter hinunter. Und am schlimmsten war, dass sie vom Hof drüben so gar nichts hörte. Wie sehr wünschte sie sich, dass Hans-Jörg einen Grund bekäme, der Pension einen Besuch abzustatten!

Aber was würde sich dadurch ändern? Nichts! Er liebte ja immer noch seine Frau!

Immer wieder stand Sybille am Fenster und schaute hinüber zu Hans-Jörgs Hof.

So nahm sie nicht wahr, wie sich die Atmosphäre um die Vogelhäuschen herum täglich veränderte. Die ersten Buchfinken waren gekommen. Wie bunte Farbtupfer hüpften sie überall herum. Dazwischen flatterten Kohl- und Blaumeisen.

In einigem Abstand saßen aufgeplusterte Amseln und rührten sich fast nicht. Lina hatte ihre Futterstellen etwas abseits befestigen lassen. Jetzt sah es so aus, als würden sie ihre eigenen Futterstellen bewachen, aber dabei interessiert den anderen Futtergästen zuschauen.

Frühmorgens kamen inzwischen regelmäßig zwei Buntspechte. Lina hatte ihnen einige Meisenknödel direkt an Baumstämmen befestigt.

Und immer wieder fielen Spatzen in kleinen Schwärmen ein, dieses herrlich lärmende Vogelvolk. Beständig aufgeregt flatterten sie um die Häuschen, vertrieben dabei natürlich die Meisen von ihren Meisenknödeln, pickten sich überall Futter heraus und flogen dann wie auf ein Signal hin alle gemeinsam wieder weg. Anfangs flogen sie noch weiter weg in Richtung Wald. Tage später konnte man zuschauen, wie sie sich gleich wieder auf Bäumen in der Nähe der Futterstellen versammelten und fast den ganzen Tag dort blieben. Es sah so aus, als richteten sie sich dort Sitzplätze für den Winter ein.

Die Grünfinken würden erst etwas später im Jahr zu den Futterstellen kommen. Sie liebten wie die Amseln Beeren und machten sich deshalb gern über deren Futter her. Da würde es dann aus sein mit der distinguierten Ruhe der Schwarzgefiederten.

Während Sybille untertags oft oben in ihrer Wohnung stand und mit dauernd wechselnden Gefühlen zum Nachbarshof schaute, luden sich die Seniorinnen unten in der Pension gegenseitig in ihre Zimmer ein, setzten sich, natürlich mit Handarbeitszeug, an die Fenster und beobachteten begeistert das muntere Treiben dort draußen.

Diese Lina! Was der auch immer einfiel!

Lina lief derweil nur noch strahlend durch das Haus. Strahlend, und hin und wieder mit einem geheimnisvollen oder spitzbübischen Ausdruck in den Augen.

Natürlich war den Seniorinnen aufgefallen, dass mit Sybille etwas nicht stimmte.

„Einfach in Ruhe lassen!“, mahnte Hilde. „Wer nicht reden will, den darf man nicht dazu zwingen.“

„Ich kann mir fast denken, was da los ist“, sagte Lina. „Ich sag nur: Welschkornbauer!“

„Halt dich da raus. Es geht dich nichts an!“ Selten erhob Emma gegen Lina die Stimme, aber jetzt tat sie es. Schließlich kannte sie Linas Freude am Sich-Einmischen. „Hast du mich gehört? Halt dich ja raus. Sonst bekommen wir beide einen Riesenkrach!“

„Ist ja schon gut, du hast ja Recht, also reg dich nicht auf!“, beschwichtigte Lina.

Am Wochenende kam der Artikel über Annas Gänse und Manfreds Arco im WOB. Er war außerordentlich gut gelungen, und dazu noch die Bilderserie, wie Arco die Gänse vor sich hertrieb. Wieder gab es große Resonanz und Anna und Manfred strahlten vor Stolz auf ihre Tiere.

Sybille nahm nur oberflächlich Anteil an dieser Freude. Sie fühlte sich wie abgeschnitten von allem. Vom Öko-Hof hatte sie nichts mehr gehört oder gesehen.

So verging der November. Der letzte kirchliche Feiertag in diesem düsteren Monat stand an.

Der Ewigkeitssonntag.

Für evangelische Christen ist dies ein wichtiger Feiertag. So, wie die Katholiken an Allerheiligen ihrer Verstorbenen gedenken, tun die Evangelischen dies am Ewigkeitssonntag. In diesem Gottesdienst werden noch einmal die Namen aller vorgelesen, die im vergangenen Jahr verstorben sind. Für die zurückgebliebenen Angehörigen, aber auch für die gesamte Kirchengemeinde, ist dies immer ein sehr bewegender Augenblick.

Sybille als Katholikin kannte diesen Feiertag nicht. Deshalb war sie erstaunt, dass Hilde anlässlich dieses Sonntages ein großes zweites Frühstück für alle in der Wohnküche gerichtet hatte. Zur Erholung nach dem schwermütigen Gottesdienst, erklärte sie, aber auch als Vorfreude auf die kommende Zeit, den Advent. Selbstverständlich hatte Hilde Sybille zu dem Frühstück eingeladen.

Sybille verspürte zwar keine Lust, aber absagen konnte sie schwerlich. Also riss sie sich zusammen, als sie droben in ihrer Wohnung den für die Wohnküche angeschafften Gong vernahm, und begab sich widerwillig nach unten.

Aber dann war sie doch überrascht.

Der Tisch war liebevoll hergerichtet. Zweige mit roten Vogelbeeren standen in kleinen Väschen darauf, auf der großen Tischdecke lagen gepresste rote Weinblätter verstreut und überall dazwischen kleine Kiefernzapfen.

Dazu hatte Hilde so ziemlich alles aufgefahren, was in der Küche, in den Regalen und im Kühlschrank herumstand. Also alle angebrochenen Marmeladengläser, zwei Sorten Honig, drei geöffnete Müslipackungen, Joghurt pur und Joghurt mit Früchten, harte Eier, Butter und Margarine, Schinken, Salami und Hausmacherwurst, Schnittkäse, Streichkäse und Quark, dazu Tomaten, Cornichons, Senf und eine Salatgurke.

Brötchen und Laugengebäck wurden gerade im Ofen aufgebacken.

„Gibt es keinen Kuchen?", fragte Emma, als sie sich setzte.

Hilde stemmte die Hände in ihre Hüften. „Also, wenn dir das alles nicht genügt, dann … – aber sei beruhigt, Hefezopf und Apfelkuchen gibt es heute Mittag."

„Eigentlich müsste es auch so genügen!", sagte Marie mit kaum versteckter Kritik in der Stimme, denn im Vergleich zu Emmas Leibesfülle war sie gertenschlank.

Emma verdrehte die Augen. Eigentlich hatte sie nur einen Spaß machen wollen.

Manfred strahlte. Er hatte sich auf die Einladung gefreut. Ihm tat die muntere Gesellschaft jedes Mal gut.

Anna zu seiner Linken schwieg, wie meistens.

Sybille setzte sich auch neben Anna. Neben ihr konnte sie wenigstens in Ruhe den Mund halten.

Wie immer, wenn alle zusammen waren, begann das Gespräch mit etwas Aktuellem aus dem Haus oder aus dem Dorf, ging dann weiter über gemeinsame Bekannte, ob sie gesund oder krank oder im Altersheim waren, und kam dann aber unweigerlich zum Lieblingsthema: Früher.

„Weißt du noch?" – „Kannst du dich noch erinnern?" – „Mir ist da gerade ein altes Bild in die Hände gekommen" …

Sybille überlegte, ob sie gehen sollte. Sie kannte ja niemanden aus dem Dorf. Aber sie wollte die Atmosphäre nicht stören und lief daher nur rüber zur Kaffeemaschine, um nochmals frischen Kaffee zu brühen.

Auch Lina war aufgestanden, hatte kurz die Wohnküche verlassen und kam dann mit einer großen grauen Blumenvase zurück.

Sie stellte sie mitten auf den Esstisch.

„Die habe ich in der Töpferei machen lassen."

Alle wandten sich um. „Was sind das für Vögel da drauf?", fragte Marie.

„Das sind Dompfaffen, meine Lieblingsvögel."

„Eine Blumenvase im Töpferstüble im Dorf machen lassen, das war doch sicher sehr teuer. Die hättest du doch billiger kaufen können", sagte Hilde.

„Das ist keine Blumenvase."

„Keine Blumenvase?", fragte Emma.

„Nein. Das ist eine Urne."

„Was für eine Urne?"

„Für meine Asche! Wenn ich mal tot bin."

Schlagartig wurde es still im Raum.

„Ist das eine Urne für den Friedhof?" Sybille ließ fast die Kaffeekanne fallen.

Lina nickte. „Und das hier ist der Deckel."

Sie legte ihn auf die Urne. Jetzt konnte jeder erkennen, dass es keine Blumenvase war.

„Ich möchte mich später einmal so wie mein Mann verbrennen lassen, und dann wird meine Urne neben seiner in der Urnenwand aufgestellt", sagte sie.

„Und musst du uns diese Urne jetzt zeigen, wo wir gerade so gemütlich frühstücken? Und dann einfach so ohne Vorwarnung mitten auf den Tisch stellen, wo noch das ganze Frühstück drauf steht?" Sybille bekam sich vor lauter Ärger kaum ein. Ziemlich heftig stellte sie die Kaffeekanne auf den Frühstückstisch, demonstrativ neben die Aschenurne.

„Der Tod gehört zum Leben, das muss man akzeptieren. Mit jedem Tag, an dem wir leben, bewegen wir uns ein Stückchen auf ihn zu, zu jeder Tageszeit, in jedem Alter. Auch beim Frühstücken“, entgegnete Lina völlig ungerührt.

Emma sagte: „Du hast schon recht, man muss sich auf den Tod einstellen. Ich lass mich ja auch einmal verbrennen. Aber ich bringe meine zukünftige Aschenurne trotzdem nicht zum Frühstück in die Küche!“

„Ich kann sie ja wieder wegstellen.“ Lina stand auf und deponierte ihre Urne im Küchenregal neben den Gewürzen.

Derweil sah Marie Emma ganz entsetzt an: „Du lässt dich verbrennen? Aber in der Bibel steht, dass wir am jüngsten Tag mit dem Leib auferstehen. Da kannst du dich doch nicht vorher verbrennen lassen!“

„Ich weiß nicht, wann diese Auferstehung sein wird. Aber was glaubst du, was nach hundert oder zweihundert oder gar nach tausend Jahren von meinem Leib übrig ist, wenn er so lange in der Erde gelegen hat? Und lies das mal in der Bibel genauer nach. Da steht, dass es einen natürlichen Leib gibt, das ist der, den wir jetzt haben, und mit dem leben wir und mit dem sterben wir. Aber auferstehen tun wir mit einem geistlichen Leib[6]. Lies das ruhig mal genauer nach!“

Marie schwieg.

Manfred wandte sich an Emma. „Du glaubst also echt an eine Auferstehung des Körpers?“, fragte er.

„Ja natürlich! Und je mehr ich in der Bibel lese, desto mehr freue ich mich auf den Himmel. Dann kann ich Gott auch einiges fragen. Ich habe viele seiner Vorsehungen für mein Leben nicht verstanden! Und ich freu mich natürlich auf alle, die vor mir gestorben sind und im Himmel schon lange auf mich warten.“

„Das mit dem Leben dort drüben, das weiß man nicht!“ Anna schaute fast etwas zornig in die Runde. „Man weiß es nicht. Man glaubt es nur!“

Schier fassungslos blickten alle hin zu Anna. Wann hatte sie sich je einmal an einer Unterhaltung beteiligt!

Manfred nickte. Er sah es auch so wie Anna.

---

[6] 1. Kor 15,35-48.

Hilde nahm die Kaffeekanne, goss sich ein und sagte dann zu Anna: „Also, ich glaube auch ganz fest daran, dass es den Himmel gibt und dass wir dort Gott und Jesus sehen können. Und dass ich dort meinen Mann wiedertreffe, meine Eltern und viele, die schon lange tot sind, die ich aber gerne hatte.“ Danach goss sie sich Milch in den Kaffee und nahm sich fünf Stück Würfelzucker dazu. Sonst trank sie den Kaffee immer ohne Zucker.

„Ich möchte meine Mutter nicht mehr treffen“, sagte Anna. „Keinen aus der Familie!“

Alle schwiegen.

Dann stand sie auf. „Ich schau mal nach den Gänsen.“ Schwerfällig verließ sie die Runde.

Sybille wollte ihr nachgehen.

„Lass sie“, hielt Emma sie zurück, „das muss man bei ihr so lassen, wie es ist.“

Lina sagte: „Ich weiß ja nicht, was ihr für Vorstellungen vom Jenseits habt. Aber ich freue mich nicht nur auf alle, die ich kenne, und irgendwann auch auf euch dort drüben. Ich wünsche mir auch, dass es im Himmel Tiere gibt. Wisst ihr, die gescheiten Pfarrer, die werden mir jetzt alle widersprechen, aber ich frage mich: Warum sollte der Herrgott alle diese schönen und lieben Tier-Geschöpfe erschaffen haben, und anschließend gibt es sie nicht mehr?“

„Ich weiß nicht, ob ich mich so auf das Jenseits freuen kann wie ihr“, warf Marie ein. „Eigentlich habe ich sogar Angst davor. Lieber möchte ich noch eine Weile leben. Manchmal denke ich sogar, dass ich kaum gelebt habe. Wo sind denn die ganzen Jahre hin? Geht es euch nicht auch so?“

Emma regte sich sofort über Marie auf. „Du denkst natürlich wieder, dass du zu kurz gekommen bist. Siehst du immer noch nicht, wie gut es dir geht. Wenn du so weitermachst, wirst du es einmal schwer haben mit dem Sterben. Weil du immer wartest, dass noch was Besseres kommt. Deshalb wirst du auch einmal nicht loslassen können.“

„Wenn das alles so einfach wäre.“ Marie duckte sich fast weg von ihrer Freundin Emma. War es denn so schlimm zu hoffen, wenigstens im Alter noch etwas Schönes zu erleben? Aber in diesem Kreis würde das doch niemand verstehen. Die wussten immer alles, die hatten ja auch immer alles richtig gemacht!

Frustriert richtete sie sich noch ein Honigbrötchen mit viel Butter.

Manfred mischte sich ein. „Also, mit dem Loslassen hat Emma Recht. Loslassen muss man lernen, sonst ist man nur noch unglücklich. Ich musste meine Lebensträume loslassen, als ich lungenkrank wurde. Das ging ja noch. Aber als ich dann sogar Arco hergeben musste, da bin ich fast krepiert."

„Und wie geht es dir jetzt?", fragte Sybille.

„Mit meiner Lebensplanung? Da hat mir meine Gesundheit einen Strich durch die Rechnung gemacht. Das ist vorbei. Da lässt sich gar nichts mehr ändern. Aber seit ich Arco wiederhabe, fällt es mir leichter, im Hier und Jetzt zu leben und an jedem einzelnen Tag zu sehen, was er Schönes schenkt." Er machte eine kurze Pause: „Aber ich habe mich auch, so wie Lina, auf das Sterben vorbereitet."

„Wie?", fragte Hilde.

„Ich habe ein Testament mit einem Sparbuch, denn Arco soll nie mehr in ein Tierheim kommen. Für das Krankenhaus habe ich eine Patientenverfügung, für eine mögliche Pflege eine Betreuungsvollmacht und für meine Bestattung in einem Friedwald habe ich die CDs schon zusammengestellt, die dort abgespielt werden sollen."

Sybille räusperte sich. „Mir fällt es schwer, an das Sterben zu denken. Also an den Sterbeprozess. Vor dem habe ich richtig Angst. Nicht vor dem Tod, aber vor dem Sterben." Dabei sah sie Manfred an.

„Ich auch", antwortete Manfred. „Deshalb habe ich eine sehr detaillierte Patientenverfügung aufgesetzt und darin bestimmt, dass ich von der Palliativpflege mit Schmerzmedikamenten und, wenn nötig, auch mit Beruhigungsmitteln gegen die Angst unterstützt werde. Ich rechne bei mir mit einem schweren Tod, wegen der Lunge. Wenn ich nicht an etwas anderem sterbe, werde ich eines Tages ersticken. Ich habe mit meinem Arzt schon festgelegt, dass ich dann medikamentöse Hilfe bekomme. Auch Morphium."

Betroffen saßen alle um den Frühstückstisch.

Schreckliche Aussichten.

Draußen auf dem Flur wurde es laut.

Anna kam herein.

„Zwei Gänseeier! Schaut her! Zwei Gänseeier!"

Hilde eilte sofort zu ihr und nahm sie ihr ab. Vorsichtig legte sie die Eier in die Mitte des Tisches und alle betrachteten sie begeistert.

Zwei Gänseeier!

Anna setzte sich wieder an den Tisch und strahlte.

Hilde fragte: „Ist das normal, dass Gänse um diese Zeit Eier legen?"

„Ja, manche Rassen legen von Oktober bis Mitte Mai. Aber meine Gänse haben noch nie im November Eier gelegt."

„Vielleicht fühlen sie sich hier auf dem Gelände so wohl, dass sie gerne brüten würden", vermutete Manfred.

„Was machst du jetzt mit den Gänseeiern?", fragte Sybille.

„Die essen wir alle zusammen."

„Ich kenne kein Gänseei-Rezept", meinte Lina. „Du?"

„Ich hab immer Rührei damit gemacht", antwortete Anna. „Oder Pfannkuchen."

„Ich hol mal mein altes Kochbuch." Hilde stand auf.

„Ich googel mal im Internet." Manfred nahm sein Smartphone zur Hand.

Entspannung machte sich breit. Wie gut tat es allen, wieder so schön ins Leben gepurzelt zu sein!

Unauffällig hatte Emma ihre Hände gefaltet. Sie betete im Stillen: ‚In der Osterzeit ist das Ei ein Symbol für die Auferstehung und für neues Leben, und jetzt, mitten in unserem Gespräch über Leben und Tod, über Gott und Jenseits, über Auferstehung, Glaube und Zweifel, da kommt Anna mit diesen beiden Eiern. Gott, es ist wie ein Zeichen, wie ein Gruß von dir. Danke!'

Emma war eben eine durch und durch fromme Seele. Aber keine von denen, die ihre Mitmenschen dauernd mit frommen Belehrungen traktierten und nervten.

Laut sagte sie: „Wir hatten ja früher auch Gänse. Ich kenne da noch ein Kuchenrezept von meiner Mutter."

## *O du stille Zeit …*

*Dezember*

Sybille erinnerte sich noch sehr genau. Letztes Jahr um diese Zeit war sie hier in diesem großen Haus alleine herumgehockt, hatte finanzielle Betrachtungen betrieben und festgestellt, dass sie sich keinen Winterurlaub leisten konnte. Dass sie sich keine Extras leisten konnte. Eigentlich gar nichts mehr.

Ihr Geld war knapp geworden.

Sie hatte einen Notfallplan gebraucht.

Es hatte nur noch einen geheizten Raum im ganzen Haus gegeben. Der Warmwasserboiler wurde ausgestellt.

Im Winter würde sie keine Urlauber annehmen. So sparte sie sich auch Vorräte für eventuelle Gäste.

Den Freunden aus Aachen, die sich indirekt bei ihr eingeladen hatten, um bei ihr im Schwarzwald Wanderungen im Schnee zu unternehmen, danach auf der mit Heizstrahlern erwärmten Terrasse Glühwein zu trinken und an Silvester ein großes Feuerwerk zu veranstalten, die also ein volles Fun-Paket erleben wollten, denen hatte sie absagen müssen. Alleine für eine Woche das große Haus warm zu halten, immer heißes Wasser zur Verfügung zu stellen, Lebensmittel zu bevorraten, von denen sie nicht wusste, ob sie dann überhaupt gegessen wurden, ständig frische und gebügelte Wäsche bereitzuhalten – dies alles hätte ihre finanziellen Mittel total überstiegen.

Das Projekt Pension im Schwarzwald war vor dem Aus gestanden.

In diesem Jahr hätten alle ihre Freunde kommen können. Jetzt hatte sie genug Geld, um sie zu beherbergen und zu bewirten. Doch dieses Jahr waren die schönsten Zimmer alle belegt.

Und sie hätte die Kraft für die immer etwas aufgedrehten Großstadtmenschen gar nicht aufbringen können.

Hans-Jörg war in Urlaub!

Sie wusste nicht, seit wann. Sie wusste nicht, wohin. Sie wusste nicht, mit wem. Sie war am Boden zerstört!

Marie hatte es erzählt. Genaueres wusste sie aber nicht, denn wenn sie drüben bei Kuh Alma war, kam normalerweise immer nur Peter, um zu fragen, wie es gehe, wie es drüben in der Pension laufe, ob alles in Ordnung sei – also ganz allgemein. Natürlich hatte Marie nicht nachgefragt, wohin Hans-Jörg in Urlaub gefahren war. Und Sybille war vorsichtig. Sie fragte Marie nicht weiter aus, um nur ja keine Gerüchte aufkommen zu lassen.

Sicher war Hans-Jörg in München bei Frau und Kind.

Wo sonst sollte er sein?

Die Vorstellung machte sie fertig.

Sie wollte sich nur noch verkriechen. Deshalb hatte sie sich auch vom gemeinsamen Frühstück in der Wohnküche abgeseilt. Sie müsse auf ihre Figur achten!

„Sie ist gertenschlank!“, sagte Lina.

Emma sah Lina streng an, und auch Hilde warf ihr einen mahnenden Blick zu.

„Ist ja gut, ich hab ja nichts gesagt. Ich werde auch nichts sagen. Aber denken werde ich doch wohl noch dürfen!?", beschwichtigte Lina ihre Freundinnen.

Von ihrer Wohnung aus beobachtete Sybille das Treiben in der Senioren-WG.

Diese alten Frauen, alle um die achtzig und darüber, jede von ihnen lief fidel, putzmunter und freudig aktiv herum.

Gut, Manfred, den brauchte sie wirklich nicht zu beneiden. Obwohl, innerhalb des Hauses bewegte er sich ohne seinen Rollstuhl. Die Sauerstoffflasche hatte er zwar sicherheitshalber in einem kleinen Rucksack immer bei sich, aber ihr schien, dass er, ganz anders als damals, als er einzog und sich von allen und allem ferngehalten hatte, nicht nur kräftiger und vitaler wirkte, sondern auch eine zufriedene Ausstrahlung bekommen hatte.

Und Anna, die bräuchte sie auch nicht neidisch zu beobachten, denn von ihr konnte sie nun wirklich nicht behaupten, dass sie flott drauf sei. Allerdings ... Neuerdings saß sie nicht mehr die ganze Zeit nur in ihrem Zimmer oder bei ihren Gänsen. Immer häufiger lief sie ums Haus und besuchte Manfred. Was hatten die beiden denn dauernd zu bereden? Anna half inzwischen sogar Hilde, wenn die mal wieder für alle kochte, was sie ja jeden Samstag machte. Unter Hildes Anleitung begann sie sich inzwischen zuzutrauen, Kartoffeln für alle zu schälen oder Gemüse zu putzen und klein zu schneiden.

Doch! Auch Anna ging es gut.

Lina! Dieser ungebremste Unternehmungsgeist. An sie mochte Sybille nicht denken!

Und dieser immer stillen Hilde ging es dank ihrer Kocherei sowieso gut!

Seit der Dorfmetzger, wie es im Winter immer Brauch war, frische Schlachtwürste anbot, und die auch noch besonders preiswert, gab es jetzt schon die dritte Woche hintereinander samstags Sauerkraut mit Leber- oder Griebenwurst. Wer wollte, bekam auch eine gepökelte Scheibe Bauchspeck. Diese Hilde war geradezu in ihrem Element. Und Anna machte den Kartoffelbrei dazu. Der wurde unter Hildes Anleitung von Woche zu Woche cremiger. „Einfach mehr Butter zugeben, einfach mehr Butter!", war Hildes Credo!

Sybille wusste schon, dass sie mit ihren missgünstigen Gedanken ungerecht war. Aber sie brachte gerade keine Kraft auf, ihren Kummer positiv zu verarbeiten. Denn aus ihrer Perspektive gesehen ging es allen um sie herum gut und nur ihr schlecht.

Selbst dieser Marie ging es inzwischen besser als ihr. Sie lebte längst nicht mehr so zurückgezogen wie damals, als sie einzog. In Emmas Schlepptau begann auch sie immer mehr, aus sich herauszugehen. Wie Anfang Dezember beim Thema Weihnachtsbäckerei. Es war nicht zu glauben, da hatte Marie geradezu einen Motivationsschub bekommen. Schon immer habe sie sich gewünscht, in der Adventszeit Weihnachtsbrötchen zu backen, hatte sie erzählt. Aber ihr Mann habe das nicht gewollt, er mochte keine süßen Sachen. Doch jetzt, hier in der Senioren-WG, da wolle sie das alles nachholen. Sie wolle ganz viele Weihnachtsplätzchen backen.

Unglaublich!

Um nicht zu irgendwelchen Vermutungen Anlass zu geben, setzte sich Sybille manchmal nachmittags ganz kurz zum Kaffeetrinken dazu, nur eine Tasse Kaffee, ohne Milch und Zucker oder sonst etwas. Die Begründung, zu dick zu werden, musste schließlich untermauert werden.

Nur so bekam sie deshalb die Vorbesprechung zum „Unternehmen Weihnachtsbäckerei“ mit. Man hatte sich geeinigt, dass jede, die backen wolle, höchstens zwei Sorten ihrer Lieblingsbrötchen backen solle. Daraus ergab sich jedoch, dass es an Weihnachten gar nicht so viele Sorten an Gebäck geben würde, denn fast jede wollte nach ihrem bewährten Rezept ihre Vanillekipferl, ihre Lebkuchen und ihre Springerle machen.

Der große Wettstreit würde also am Weihnachtsabend ausgefochten werden, wenn auf den Tellern vier Sorten Vanillekipferl lagen, vier Sorten Springerle und drei Sorten Lebkuchen.

Mit Feuereifer ging jede ans Werk. Denn jede dieser bewährten Hausfrauen wusste natürlich: Die Auswahl der Mehlsorte war für ihre Plätzchen nicht nur die erste wichtige Entscheidung, nein, auch die einzig richtige!

Und für den besten Geschmack kam nur Butter in Frage! Die nicht zu knapp!

Dann musste die wichtige Entscheidung getroffen werden, den rohen Teig erst eine Weile im Kühlschrank ruhen zu lassen oder ihn doch gleich zu verarbeiten. Und immer galt: Stets kühle Hände behalten! Auch die Länge der Backzeit in Abhängigkeit von der Höhe der Backtemperatur musste richtig gewählt werden. Und nicht zuletzt, welches Blech auf welcher Schiene …

Ein Rezeptbuch verwenden?

Niemals!

Schließlich hatte man lebenslange Erfahrung!

Sollte dennoch etwas misslingen, darin waren sich die alten Damen einig, dann lag das nicht an den Qualitäten der jeweiligen Bäckerin, sondern an diesem modernen Backofen hier in der Pension. Zuhause, der eigene Backofen von früher, der wäre eindeutig der bessere gewesen.

Manfred hielt sich schon jetzt diplomatisch heraus. Er versprach, alle Brötchen zu probieren – aber ohne jeglichen Kommentar.

Bis hinauf in Sybilles Wohnung begann es in der ganzen Pension nach Weihnachtsplätzchen zu duften. Das vermehrte Sybilles Herzschmerz geradezu. Sie verspürte den unbändigen Wunsch, sich bis zum Beginn des neuen Jahres in ihrer Wohnung zu vergraben.

Am Nikolausabend aber musste Sybille sich blicken lassen. Schwester Renate war mit ihrer Jugend-Singgruppe gekommen, um den Bewohnern der Pension Nikolaus- und Adventslieder zu singen. Anschließend wurden die Jugendlichen eingeladen, in der Wohnküche einen Kakao zu trinken und die ersten Weihnachtsplätzchen zu probieren.

Notgedrungen setzte sich Sybille dazu. Manfred saß neben ihr.

„Nur keine Kommentare zu den Brötchen", warnte er Sybille lachend. „Der Advents- und Weihnachtsfriede hängt davon ab."

Lina, Emma, Hilde und Marie wurden rot. Anna buk nicht.

„Seid ihr schon fest dabei, euch Weihnachtsgeschenke zu überlegen?", fragte Schwester Renate.

Alle nickten.

Auch Sybille.

„Gar nicht so leicht", sagte Manfred, „sich für jeden etwas Passendes auszudenken."

Eines der Mädchen aus der Singgruppe meinte: „Macht es doch so wie wir, wir wichteln. Dann muss man sich nur ein Geschenk ausdenken und der Abend wird trotzdem spannend."

„Und das Geschenk darf nicht mehr als drei Euro kosten!", fügte Schwester Renate hinzu.

„Tolle Idee. Ganz tolle Idee." Hilde strahlte das Mädchen an. „Ich habe mir schon die ganze Zeit den Kopf zerbrochen."

In der ganzen Runde sah man nur zustimmend nickende Köpfe. Anscheinend hatten alle in den letzten Tagen mit dem Problem „Weihnachtsgeschenke" zu kämpfen gehabt.

Als die Gäste nach einem letzten gemeinsamen Adventslied gegangen waren, holte Emma Papier und Stifte. Lina setzte einen gekauften Glühwein auf, Hilde schnitt mit der Küchenschere Loszettel zurecht, und jeder schrieb seinen Namen auf einen der Zettel, um ihn danach in den Schnellkochtopf der Pension zu werfen. Er war der höchste Topf, da konnte man nachher während des Ziehens wirklich nicht hineinspicken.

Doch zuerst wurde eine Tasse Glühwein getrunken.

Dann wurden die Namenszettel noch einmal fest durchgemischt.

Danach wurde nacheinander gezogen.

Der Glühwein hatte schon zu wirken begonnen. Fast alle hatten einen roten Kopf, und Emma begann sogar schon zu kichern. Vorsichtig, dass keiner beim Sitznachbarn etwas erkennen konnte, las jeder seinen Zettel.

Alle strahlten. Sogar die immer verschlossene Anna.

Nur nicht Manfred.

„O je, o je", jammerte er. Aber er lachte dabei.

Am anderen Morgen nahm Sybille wieder am gemeinsamen Frühstück teil. Sie war in sich gegangen. Ihr Kummer war über Nacht nicht kleiner geworden, aber sie wollte ihn nicht mehr überhandnehmen lassen. Es war ungerecht den alten Damen gegenüber.

Sollte dieser Hans-Jörg doch sein, wo er wollte, und sollte er doch machen, was er wollte – und mit wem ...

Sie nahm sich vor, ihn nicht mehr zu vermissen.

Hilde und Marie hatten sich beim Wichteln gegenseitig gezogen. Hilde begann für Marie ein Sitzkissen zu häkeln. Das konnte sie auch wirklich brauchen; ein Deckchen eher nicht. Marie hatte Schlehenwein angesetzt und machte sich daran, ein schönes Etikett für Hildes Flasche herzustellen.

Emma strickte für Anna Socken.

Lina schnitt von ihrer geliebten russischen Goldbartpflanze einige Ranken ab, zerschnitt sie und setzte damit für Emma einen Schnaps an. Emma hatte ja hohen Blutdruck und Diabetes. Ein- bis zwei Mal täglich einen Esslöffel von Linas Aufgesetztem, das könnte ihr vielleicht helfen. So stand es zumindest auf dem Zettel, den Lina vor Jahren zusammen mit dieser russischen Heilpflanze erhalten hatte.

Wunderdinge standen darauf. Sie half bei hohem Blutdruck, bei Zucker, Schilddrüsenkrankheiten, Magen-Darmbeschwerden, Lungenkrankheiten, Verbrennungen, Ohrenentzündungen – und sie stärkte das Immunsystem.

Also Lina glaubte daran.

Manfred hatte erst nach langem Nachdenken eine Idee. Er hatte Sybille gezogen. Er würde ihr eine Zeichnung von der Pension machen. Fotografien als Vorlage hatte er, gutes Papier musste er noch besorgen. Peter würde ihn dafür sicher in die Stadt fahren.

Auch Sybille musste lange überlegen. Sie hatte ausgerechnet Lina gezogen. Was nur um Himmels willen sollte sie Lina schenken, und das Geschenk durfte ja nicht mehr als drei Euro kosten? Lina liebte Vögel und am meisten Dompfaffen. Aus ihrer Zeit als Museumspädagogin erinnerte sich Sybille an eine Technik, wie man ein kleines gewebtes Bild ohne Webrahmen weben konnte. Sie hatte es damals mit den Kindern gemacht. Sie beschloss, Lina einen Dompfaff zu weben.

Einzig Anna konnte ihr Geschenk nicht alleine anfertigen. Sie hatte Manfred gezogen und war auch richtig glücklich darüber. Sie wollte ihm ein ausgeblasenes Gänseei bemalen, aber sie wusste nicht, wie, denn Stifte, Pinsel oder Farben dafür hatte sie ja nicht. Mit einigen Hemmungen stieg sie deshalb hinauf in den dritten Stock der Pension und klopfte an Sybilles Wohnung.

Erstaunt öffnete diese. Anna erklärte ihr Anliegen.

„Komm rein!", sagte Sybille. „Ich weiß auch nicht genau, wie das geht und ob man bei Gänseeiern etwas Besonderes beachten muss, aber ich schaue mal im Internet."

Anna war unglaublich verlegen. Schüchtern schaute sie sich um. Eine Wohnung ganz in Weiß – das hatte sie noch nie gesehen. Und dann die vielen Bilder an den Wänden, und die vielen Bücherregale, die ganze Wohnung schien ja nur mit Büchern voll zu sein, dazu die vielen Figuren und Kunstgegenstände, die in den Regalen standen, und jetzt ging Sybille auch noch wegen ihr in dieses Internet! Vor Aufregung bekam Anna schwache Beine.

„Setz dich, Anna, ich googel mal und zeige dir dann, was ich gefunden habe. Zusammen suchen wir dann eine Anleitung, die drucke ich für dich aus."

Sybilles Wohnung, der Computer, das Internet, Googeln, etwas drucken – für Anna eine fremde Welt.

Sybille war gerührt, dass sich Anna hilfesuchend an sie gewendet hatte. Während sie googelte, spürte sie auf einmal, dass das mit der Senioren-WG doch das Richtige war. Mit oder ohne Hans-Jörg: Der Weg, den sie eingeschlagen hatte, er war gut. Das Vertrauen dieser alten Frau, die erst jetzt, im hohen Alter, begann, sich etwas zu öffnen, bewegte Sybille bis in ihr Innerstes. Und sie nahm sich vor, dieses Modell einer Senioren-WG weiterhin gern zu machen, auch ohne eine Beziehung mit Hans-Jörg.

„Schau mal, da wird gezeigt, wie es geht. Komm, sieh es dir an!"

Anna wagte nicht, sich auf dem Schreibtisch abzustützen. Sybille zog ihr einen Stuhl her, zeigte ihr verschiedene Anleitungen und las sie ihr vor.

„Was möchtest du denn draufmalen. Blumen?"

„Nein, ich möchte draufmalen, wie der Arco die zwei Gänse aus dem Wald gerettet hat."

„Wow! Nicht leicht. Wie willst du das denn zeichnen?"

„Eine Gans, dann eine Tanne, dann eine Gans, eine Tanne, dann den Arco und noch eine Tanne. Und Punkte."

„Punkte?"

„Für den Regen."

Sybille überlegte. „Weißt du, wie man eine Gans zeichnet?"

„Ja."

„Zeig mal."

Anna nahm den angebotenen Bleistift und zeichnete mit ihren altersknorrigen Fingern eine Figur, die mehr einem Storch als einer Gans ähnelte.

„Nicht schlecht!", lobte Sybille trotzdem. „Und jetzt eine Tanne?"

Ein senkrechter Strich und viele kleine schräge Striche daran, das war Annas Tanne. Ganz so, wie es kleine Kinder im Kindergarten zeichnen würden.

„Du, es gibt einen berühmten Künstler, der hat auch so wie du gemalt. Ich zeig es dir mal." Sybille holte einen Bildband von Joan Miró. „Schau!"

Vorsichtig blätterte Anna Seite für Seite um. Sie deutete auf ein Bild und kicherte: „Da geht eine Frau mit einem Hund spazieren. Wie der aber gemalt hat!"

„Das Bild heißt ‚Die Sonne'."

„Kann man nicht erkennen. Aber das Bild ist trotzdem schön. Und so bunt."

„Zeig mal, wie du Arco zeichnest", sagte Sybille nun.

Arco sah aus wie ein Löwe, aber wer weiß, wie Joan Miró einen Chow-Chow gezeichnet hätte! Sybille war sich sicher, es würde ein wunderschönes Geschenk für Manfred werden.

„Ich habe in meinen Kisten auf dem Speicher noch ganz viele alte Farben und Pinsel. Die werde ich dir heraussuchen. Ich schlage vor, dass du hier oben in meiner Küche arbeitest. Dann bekommt es niemand mit."

Anna nickte. „Wann kann ich anfangen?"

„Gleich morgen früh, wenn du die Gänse versorgt hast."

„Danke, Sybille."

„Sei vorsichtig beim Hinuntergehen. Die Treppe ist ziemlich steil."

Schwerfällig ging Anna ins Erdgeschoss. Sybille schaute ihr eine Weile nach.

Etwas in ihr hatte sich geändert. Seit Wochen war es das erste Mal, dass sie sich leicht und beschwingt fühlte. Sie nahm sich vor, den alten Damen im neuen Jahr einen Malkurs anzubieten.

In den nächsten Tagen kehrte draußen der Winter ein.

Die Temperaturen sanken weit unter null. Untertags gab es immer wieder leichten Schneefall. Auf den Straßen blieb der Schnee zwar noch nicht liegen, aber auf den Bäumen und Wiesen.

Der Gänseteich begann zuzufrieren.

Im ganzen Haus zog Adventsstimmung ein, mit Adventskranz, Kerzenschimmer und Adventsmusik – bis das Chaos über die Senioren-WG hereinbrach.

Die Verkettung der unglückseligen Umstände begann am dritten Adventssonntag.

„Was sollen wir Heiligabend essen?", hatte Hilde gefragt.

„Eine Weihnachtsgans!" Natürlich diese Lina! „War ja nur ein Spaß!", sagte sie schnell und lachte zu Anna hinüber.

„Würstchen und Kartoffelsalat."

„Bei uns gibt's unterm Jahr doch dauernd Würstchen mit Kartoffelsalat."

„Wir könnten auch Ente machen!"

„Dann müssen wir aber nach dem Gottesdienst noch ziemlich lange auf das Essen warten." Hilde schüttelte den Kopf.

„Raclette", schlug Lina vor.

„So viel Käse am späten Abend?" Marie machte ihr süß-saures Gesicht.

„Dann halt Fondue", sagte Lina, „ein Fondue in der Brühe und nicht im Fett, das vertragen dann alle, auch du, Marie!" Ein bisschen Sticheln musste sein. Auch im Advent.

„Aber Fondue wäre doch eine gute Idee für Silvester", sagte Emma.

„Dann eben doch Kartoffelsalat mit Würstchen. Das kann man schön vorbereiten." Hilde war zufrieden.

„Ich mach dann ein paar gefüllte Eier dazu", sagte Lina.

„Ich kauf noch Salami vom Metzger", schlug Emma vor. „Das ist dann fast wie Russisch Ei und für Weihnachten ein bisschen festlicher."

„Würstchen und dazu auch noch Salami?" Wieder das süß-saure Gesicht von Marie.

Lina begann sich aufzuregen. „Jetzt lass uns doch und mecker nicht an allem herum. Du brauchst ja nicht Würstchen und Salami essen, du kannst es dir doch aussuchen. Du kannst sogar nur trockenes Brot am Heiligabend essen. Aber lass uns andere machen. Und dass du es weißt, ich möchte sogar noch Fleischsalat dazu. Den stifte ich für alle, die ihn mögen!", ergänzte sie.

„Fünf Sachen. Wenn das mal nicht ein Festessen ist!", strahlte Emma.

Manfred hatte bisher geschwiegen. „Wisst ihr, dass man in Polen zum Weihnachtsabend ein Essen mit zwölf Gängen richtet? Zwar alles ohne Fleisch und Wurst, also nur mit Gemüse, Fisch und Kaviar, aber immerhin zwölf Gänge!"

Ungläubiges Gelächter.

Hilde nickte begeistert hinüber zu Manfred: „Fein! Das möchten wir auch. Aber nur, wenn du die anderen sieben Gänge machst!" Lachend stand sie auf, schob den Stuhl zurück an den Tisch und blieb mit einem Aufschrei gebückt hinter der Stuhllehne stehen.

„Mein Rücken! Aua, mein Rücken."

Zuerst glaubten alle, dass Hilde schauspielerte, als Anspielung auf die Arbeit für ein Zwölf-Gänge-Weihnachtsmenü. Aber sie blieb weiter schmerzgekrümmt stehen.

„Es ist ein Hexenschuss. Ich kenn das. Keine Aufregung! Hatte ich schon oft. Hilft mir mal einer ins Bett? Ich geh morgen gleich zur Ärztin."

Das gemeinsame Frühstück am anderen Morgen ohne Hildes Fürsorge fiel fast ins Wasser: „Wo ist das Filterpapier?"

„Wo steht der Kaffee?"

„Die Milch ist alle, haben wir noch welche?“

„Wo hat sie nur den Honig?“

Sybille fuhr Hilde in die Arztpraxis und Emma versorgte neben ihren Hasen zusätzlich noch Hildes Huhn Berta. Nach einem Ei zu schauen vergaß sie. Und Streu im Stall zu wechseln verschob sie auf morgen. Sie konnte sich ja nicht mehr so gut bücken.

Unterm Tag schaute jeder einmal bei Hilde vorbei, und am Abend setzte man sich zu ihr ins Zimmer und unterhielt sie.

Die Ärztin kam die nächsten drei Tage regelmäßig vorbei, gab ihr Spritzen und etwas zum Einreiben, und Lina stellte Hilde die Rotlichtlampe ein.

„Wie geht es Huhn Berta?“, fragte Hilde morgens und abends.

„Gut! Auch ohne dich.“ Emma verschwieg, dass sie die Streu im Hühnerhaus noch immer nicht gewechselt hatte. Aber nach den Eiern hatte sie inzwischen geschaut. Alles in Ordnung. Jeden Tag lag da ein Ei.

Am vierten Krankheitstag, abends, hielt es Hilde nicht mehr im Bett. Sie brauchte ihr Gespräch mit Huhn Berta.

Als sie mühselig mit zwei Stöcken am Stall ankam, stand Emma noch bei ihren Hasen. Jedes sollte noch eine Möhre bekommen. Das weiße Hasen hatte seine schon, das Grauerle auch, und Hasi war gerade dran.

„Du hast aber das Stroh im Nest nicht gewechselt!“, rief Hilde aus Huhn Bertas Stall. Die leichte Kritik war nicht zu überhören.

„Genau, morgen früh wollte ich es machen!“ Emma ärgerte sich, und um sich nicht noch weitere Vorwürfe anhören zu müssen, lief sie eilig zurück ins Haus.

Hilde war froh, Huhn Berta endlich mal wiederzusehen und ihr vertrautes Glucksen zu hören. „Gell, Berta, wir zwei. Wenn wir uns nicht umeinander kümmern würden! Aber bald geht es uns wieder besser.“

Ächzend holte sie frische Einstreu und schob das verbrauchte Material aus dem Nest, ließ es aber unweit des Nestes im Stall auf dem Boden liegen. Es nach draußen auf den Gehegeboden zu schieben, war noch zu schmerzhaft. Der Hexenschuss ließ langes Bücken einfach noch nicht zu. Dann verabschiedete sie sich von Huhn Berta.

Das Ganze hatte länger gedauert und war weitaus schmerzhafter, als sie gedacht hatte. Eilig verschloss sie Stall und Gehege und humpelte wieder ins Haus.

Danach ging sie aber gleich zu Emma. „Ist doch nicht schlimm, das mit der Einstreu, ich wollte dich nicht kritisieren. Ich weiß doch, dass du dich nicht so gut bücken kannst."

Emma gab zu, dass sie das mit der Einstreu täglich verschoben habe, ja, das Bücken falle ihr wirklich sehr schwer. In versöhnlicher Stimmung saßen die beiden noch eine Weile zusammen und beteten wie jeden Abend auch noch den Abendsegen.

Und am anderen Morgen fehlte Hasi!

Hasi war das Kaninchen, das wie die Inkarnation eines Osterhasen aussah.

Seine Stalltür stand offen und seine Karotte von gestern Abend lag noch da, was bedeutete, dass das arme Tier nicht mehr einen Bissen davon hatte herunternagen können, bevor der Fuchs es geholt hatte.

Denn Emma war sich sicher, es konnte nur der Fuchs gewesen sein. Wer denn sonst!

„Wenn ich ein Gewehr hätte, würde ich alle Füchse in der Umgebung abschießen!", schimpfte sie.

Sybille verkniff sich ein Lachen. Emma auf Jagd mit einem Gewehr!

„Bist du sicher, dass das ein Fuchs war?" Hilde war hinzugetreten. „Vielleicht hast du ja die Stalltür nicht richtig zugemacht und Hasi ist herausgehüpft."

„Ich mach die Stalltür immer richtig zu!"

„Aber es kann doch mal passieren, dass man nicht so richtig bei der Sache ist." Auch Lina hatte sich nun dazugesellt.

Hilde sagte: „Du hast dich doch gestern Abend geärgert, weil ich gefragt habe, ob du die Einstreu bei Huhn Berta gewechselt hast."

„Du hast nicht gefragt, du hast es mir vorgeworfen."

„Also gut, vorgeworfen. Aber du bist sofort wie von einer Tarantel gestochen losgeschossen und ins Haus gerannt. Hast du da die Stalltür noch zugemacht?"

Emma hielt inne.

„Ich weiß nicht. So, wie du das sagst, kann es auch anders gewesen sein. Ich weiß es nicht."

Emma versuchte sich zu konzentrieren. „Aber wenn Hasi von alleine herausgehüpft ist, wo ist er denn dann hin? Und heute Nacht war es eisig kalt!"

„Vier Grad", relativierte Sybille.

„Das ist wie Frost. Das kennt Hasi doch nicht. Wer weiß, ob er nicht schon erfroren ist."

„Das geht nicht so schnell“, beruhigte Hilde die Freundin.

„Wo kann er denn hingehüpft sein?“

„Wir helfen dir suchen.“

Bis zur Mittagessenszeit halfen alle suchen, dann wieder nach dem Mittagsschlaf.

Bis zum Einbruch der Dunkelheit waren sie aber so durchgefroren, dass Emma ein Einsehen mit ihnen hatte und sagte, sie sollten aufhören.

Noch in der Nacht hörten sie, wie Emma nach Hasi rief. Und am frühen Morgen auch gleich wieder.

„Ich such alleine“, schickte sie die anderen weg. „Vielleicht kommt er aus seinem Unterschlupf, wenn er nur meine Stimme hört.“

Die anderen, mitleidig natürlich, aber doch auch erleichtert, gingen ihren Tagesgeschäften nach.

Anna versorgte ihre Gänse und erzählte ihnen, dass auf dem Teich Eis sei und sie wirklich nicht hinüber auf die Gänsewiese konnten.

Hilde öffnete nur außen die Gehegetür von Huhn Berta, sie hatte wahnsinnige Rückenschmerzen. Sogar das Futter streute sie nur ins Gehege und nicht in den Stall. Im Stehen erklärte sie Huhn Berta, dass es heute keine frische Streu geben würde, und auch das mögliche Ei würde sie erst morgen holen. Dann humpelte sie mit schmerzverzerrtem Gesicht zurück in ihr Zimmer unters Rotlicht.

Marie fütterte Kuh Alma und erzählte ihr, dass Hasi vom Fuchs geholt worden sei. Alma möge im Stall immer sehr vorsichtig sein.

Lina hatte laut pfeifend das Vogelfutter für ihre Vögel verteilt und war mit Hannes in ihrem Zimmer. Der hatte heute den jährlichen Christbaum gebracht.

Nächstes Jahr würde Hannes selbst in die Pension einziehen. Seine Frau war inzwischen so dement, dass sie ins Heim musste. Die große Wohnung wurde ihm nun zu teuer. Und von Sybille bekam er einen sehr günstigen Zimmerpreis, denn er würde anfallende Hausmeisteraufgaben übernehmen. Seinen Haflinger konnte er drüben bei Hans-Jörg und Peter unterstellen.

Hannes besorgte schon seit Jahren für Lina den Weihnachtsbaum, und auch dieses Jahr war es wie immer eine wunderschöne zimmerhohe Tanne. Lina war in Vorfreude und hatte schon sämtliche Kartons mit Weihnachtsbaumschmuck im Zimmer stehen, und als der Baum stabil stand, begann sie auch sofort mit dem Schmücken.

Jeder war mit seinem gewohnten Alltag beschäftigt.

Auch Manfred war wie jeden Morgen mit Arco unterwegs gewesen. Auf dem Rückweg fuhr er ausnahmsweise mit seinem Elektrorollstuhl am Hasengehege vorbei. Mitleidig, aber auch neugierig, wollte er den Ort des tragischen Geschehens aufsuchen. Die zwei Hasen, die den vermeintlichen Fuchsangriff glücklich überlebt hatten, saßen in ihren Ställen. Manfred lockte sie an die Käfigtür und schob ihnen etwas Gras in den Stall. Sofort fingen sie an, es ihm durch das Hasengitter aus der Hand zu ziehen.

Arco lief indessen an den Zaun von Huhn Bertas Gehege, blieb daran stehen und knurrte.

„Alter eifersüchtiger Kerl!", lockte Manfred ihn zu sich und kraulte ihm das dichte Winterfell. „Ich hab denen doch nur Gras gegeben, nichts von deinen Leckerli, beruhige dich!"

Aus dem Haus kam Sybille.

„Zurück vom Gassi-Gehen?", fragte sie.

„Ja, wir waren heute kürzer unterwegs. Hans-Jörg will nachher kommen, wir fahren einkaufen.

„Hans-Jörg ist wieder da?" Sybilles Herz begann zu rasen.

„Ja, schon ein paar Tage."

„Na, dann gutes Einkaufen."

Hastig verabschiedete sich Sybille. Hans-Jörg war zurück aus dem Urlaub. Und er hatte sich nicht gemeldet, er hatte nicht angerufen.

Der ganze elende Kummer brach wieder über sie herein.

Am liebsten hätte sie Anna abgesagt, die schon an der Treppe stand, um auch heute wieder am Wichtelgeschenk weiterzuarbeiten. Aber Sybille riss sich zusammen.

Derweil war die unglückliche Emma schon seit den frühen Morgenstunden im Wald unterwegs und rief nach ihrem Hasi. Später ging sie auch noch hinüber zum Gänseteich. Wer weiß, ob Hasi dort irgendwo saß.

Nichts.

Nirgendwo war das verloren gegangene Tier.

Und es war wirklich bitterkalt.

Der Tag ging vorüber. Emma lief zum Hasenstall und fütterte heulend das Grauerle und die Weiße.

Beim späteren Abendsegen wusste sie nicht so recht, ob sie ihren Herrgott mit dem Verlust ihres Hasen belästigen könne. Auf der Welt gab es so viele große Unglücke. Was war demgegenüber ein vermutlich schon längst vom Fuchs gefressener oder vom Frost getöteter kleiner Hase?

Völlig mutlos fütterte sie am anderen Morgen die zwei überlebenden Hasen.

Auch heute fuhr Manfred wieder mit seinem Rollstuhl am Gehege vorbei. Er wollte Emma trösten, was sich natürlich als schwer erwies.

„Ich bin schuld, dass Hasi tot ist. Heute Nacht war es wieder eisig. Das kann er nicht überlebt haben."

Hilde war aus dem Haus gekommen und war auf dem Weg zu Huhn Berta.

„Ich bin auch schuld. Wenn ich nichts gesagt hätte wegen dem Stroh, dann hättest du dich nicht so aufgeregt."

Als Hilde die Gehegetür zu Huhn Berta öffnete, begann Arco laut zu knurren.

Hilde erschrak.

„Hierher, Arco, was ist denn nur los? Du kannst doch Hilde nicht anknurren!"

Aber Arco gehorchte nicht, und er lief auch nicht zurück zu Manfred, sondern drängelte sich an Hilde vorbei ins Hühnergehege. Vor dem Stall legte er sich hin und peitschte seine Rute auf den gefrorenen Boden.

Manfred stutzte. „Du, Hilde, ich glaube, Arco will uns was sagen. Geh mal aus dem Gehege, ich will schauen, was er dann macht."

Als Hilde das Gehege verließ, stand Arco auf, stellte sich vor die Stalltür, schnüffelte an ihr und winselte.

„Ich glaub, ich hab es verstanden. Sicher ist da drin Hasi, und Arco hat es gerochen. Arco, komm her zu mir, lass Hilde im Stall nachschauen."

Und tatsächlich!

Im Hühnerstall saß Huhn Berta etwas abseits auf dem kalten Bretterboden in der fast eine Woche alten Streu, und oben im warmen Nest hockte friedlich: Hasi. Die frische Streu vom vorgestrigen Tag hatte er komplett aufgefressen.

Emma lief überall herum und strahlte.

Nur Sybille verkroch sich wieder in ihrer Wohnung und heulte.

Eigentlich hatte Lina alle zu sich in ihr Wohnzimmer eingeladen, zum Christbaum-Gucken, wie sie sagte. Ohne Kerzenlicht, nur für die Vorfreude auf Weihnachten.

Sybille sagte ab.

Wie hätte sie ihr verheultes Gesicht erklären können? Von wegen weihnachtliche Vorfreude! Gemeinsames Frühstück war wieder gestrichen, ebenso der gemeinsame Mittagskaffee.

So kam der vierte Advent.

Noch vier Tage bis Weihnachten.

Und Lina fasste einen Beschluss.

Sie ging hinüber zu Hans-Jörg und Peter und lud die beiden für Heiligabend zu sich in ihre Zwei-Zimmer-Pensionswohnung ein. Die beiden Junggesellen seien an diesem Abend doch vermutlich alleine, und sie selbst sei es eigentlich gewöhnt, Weihnachten von ihrer ehemaligen Binokel-Gruppe eingeladen zu sein. Aber dieses Jahr würde alles anders verlaufen. Bei ihnen in der Pension gebe es am Abend nur etwas Kartoffelsalat mit Würstchen, das sei schnell gegessen. Und groß oder lange singen, mit ihren alten dünnen Stimmen – wem würde das gefallen? Da würden wohl alle lieber in ihr Zimmer gehen und alten Erinnerungen an frühere Zeiten nachhängen. Das sei aber ganz und gar nicht Linas Ding. Auch am Heiligen Abend musste was laufen! Daher wolle sie die Brüder gerne zu einem Binokel- oder Skat-Abend einladen. Sie werde auch noch Manfred Bescheid sagen.

Beide sagten sofort zu.

„Also dann, bis Heiligabend um zwanzig Uhr."

Montag, drei Tage vor Heiligabend, fragte Emma, ob sie ihre Krippe unten in der Wohnküche aufstellen könne. Wenn die Krippe hier unten stünde, dann hätten doch alle etwas davon. Die Figuren, der Stall und die Palme waren aus Olivenholz, die hatte sie mitgebracht, als sie vor Jahren mit ihrem Mann eine Pilgerfahrt ins Heilige Land unternommen hatte.

Alle freuten sich darüber, und im Gewürzregal der Küche war auch noch Platz. Als die Krippe aufgebaut war, stand sie aber doch etwas verloren da. Lina legte deshalb Tannenreisig mit Strohsternen um sie herum, und Hilde brachte eine kleine weihnachtliche Laterne mit einem Teelicht drin. Danach sah es in der Küche gleich etwas weihnachtlicher aus.

Dienstag, zwei Tag vor Heiligabend, stellte Hilde fest, dass das doch ein bisschen komisch aussah, eine so große und stilvolle Weihnachtskrippe neben Pfeffer, Paprika und Knoblauch. Sybille war auch gerade in der Küche. Sie hatte zwar keinerlei weihnachtliche Gefühle, aber sie musste Hilde zustimmen. Es passte irgendwie nicht.

„Zu einer Krippe gehört eben ein Christbaum“, sagte Marie.

„Sie hat Recht“, sagte Emma.

„Soll ich meinen Christbaum hier in der Wohnküche aufstellen?“ Lina schaute fragend zu Sybille.

„Von mir aus könnt ihr den Baum hier aufstellen. Aber er steht doch bereits fix und fertig geschmückt in deinem Wohnzimmer.“

„Aber hier würden wir ihn alle immer sehen. Auch die Besucher“, sagte Emma.

Sybille sah zu Hilde. „Würde es dir denn nicht zu eng in der Küche werden?“

„Nein. Im Gegenteil. Es wäre schön.“

Lina rief also Hannes an, und diese treue Seele kam auch sofort. Alle halfen mit, den Christbaum in Linas Zimmer abzuschmücken. Hannes stellte ihn in der Wohnküche wieder auf, und Lina schmückte ihn dort auf ein Neues. Nicht, dass sie sich dabei helfen ließ. Sie hatte bei ihrem Christbaum ihre eigenen Vorstellungen. Bis zum Abend war die ganze Aktion fertig.

In der Wohnküche schwebte ein Duft von Tannenwald und Harz.

Eine leise Weihnachtsstimmung kehrte ein.

Jeder freute sich auf Heiligabend.

Doch Sybille? Beherrscht verbarg sie ihren Kummer.

Aber alle sahen ihn.

Am Mittwoch, ein Tag vor Heiligabend, putzten die Seniorinnen ihre Zimmer, richteten die Kleidung für die Weihnachtstage und verpackten die Geschenke.

Sybille brachte die Wohnküche, den Hauseingang und die Gästetoilette auf Hochglanz. Dann ging sie wieder in ihre Wohnung und schaute deprimiert hinüber zu den Vogelhäuschen. Aber das muntere Treiben vermochte sie nur kurz abzulenken.

Am Heiligabend war es relativ mild. Schnee wäre natürlich schöner gewesen, aber im Alter denkt man bei Schnee zuallererst an Schneeschippen oder Rutschgefahr, ob zu Fuß oder beim Autofahren. Die Seniorinnen waren also mit dem Wetter zufrieden.

Um sechzehn Uhr gingen sie zusammen in den Gottesdienst. Nur Anna blieb in ihrem Zimmer. Sie wollte nicht in die Kirche. Sybille hatte sich von Lina überreden lassen und war dabei. Gemeinsam saßen sie hinten in der letzten Bank.

Genau eine Reihe vor ihnen saßen Hans-Jörg und Peter.

Sybille blieb fast die Luft weg.

Hans-Jörg in der Kirche und nur eine Bankreihe vor ihr.

Vom Gottesdienst bekam sie so gut wie nichts mit, der Predigt konnte sie nicht folgen, die festlichen Weihnachtschoräle rauschten an ihr vorbei. Hans-Jörg saß ganz in ihrer Nähe!

Sie konnte den Blick nicht von ihm lassen. Er hatte sich verändert. Sein Bart war gestutzt, auch die Haare waren kürzer, und seine Gesichtsfarbe war frisch gebräunt. Er sah glatt zehn Jahre jünger aus.

Und er sah gut aus!

Das Herz tat Sybille weh beim Anblick dieses schönen Mannes.

Am Ende des Gottesdienstes war großes Gedränge. Hans-Jörg und Peter hatten einen anderen Ausgang gewählt, und sie sah die beiden nicht mehr.

Zusammen mit Manfred und Marie fuhr Sybille gleich zurück. Sie fühlte sich wie betäubt.

Lina, Emma und Hilde waren in den Menschentrubel auf dem Vorplatz der Kirche eingetaucht. Das würde dauern, bis die beiden zurück in der Pension waren, denn Lina traf so viele Leute auf dem Kirchplatz, denen sie eine frohe Weihnacht wünschen wollte, dass sie sich nicht so schnell würde losreißen können.

Und Emma erzählte neben den Weihnachtswünschen noch jedem die Geschichte von Hasi, auch das dauerte.

Selbst bei Hilde würde sich die Rückkehr in die Pension enorm verzögern. Da sie ja von sich aus nicht so gesprächig war wie Lina und Emma, kamen ihre ehemaligen Nachbarn und alte Bekannte auf sie zu, umringten sie und wussten ihrerseits viel zu erzählen.

Derweil richteten Sybille, Marie, Anna und Manfred in der Wohnküche das Nachtessen. Bis auf die Wienerle konnten sie ja alles vorbereiten.

Sybille stellte die Getränke auf den Tisch – kalt aus dem Kühlschrank wollte ohnehin keiner etwas trinken.

Manfred dekorierte den Kartoffelsalat mit Fleischsalat, gefüllten Eiern und Salami. Danach zeigte er erstaunliches Geschick im Dekorieren des Tisches mit gefalteten Servietten, Tannengrün und Strohsternen. Er strahlte dabei fast jungenhaft. Es ging ihm sichtlich besser als vor einigen Monaten.

Marie spülte schon etwas vom Geschirr weg, und Anna trocknete ab.

Es dauerte dann doch um einiges länger als erwartet, bis Lina, Emma und Hilde heimkamen.

Aber schließlich konnte das Essen beginnen.

Ausgehungert und in weihnachtlicher Hochstimmung aß auch wirklich jeder von allem. Selbst Marie aß Wienerle und Salami und Fleischsalat und gefüllte Eier zu dem außerordentlich gut gelungenen Kartoffelsalat.

Jeder lobte Hilde.

„Annabelle – es geht eben nichts gegen die Salatkartoffel Annabelle“, entgegnete sie bescheiden.

„Wie machen wir es nachher?“, fragte Lina, „singen wir zuerst und wichteln dann, oder umgekehrt? Ich habe meine Zither gestimmt.“

„Du spielst Zither?“, fragte Manfred erstaunt.

„Ja, schon mein ganzes Leben lang.“

„Und ich Gitarre. Ich habe sie draußen im Flur stehen!“

„Dann nichts wie rein mit ihr. Wir spielen zusammen.“

Emma unterbrach die beiden: „Aber zuerst sollen die Kerzen auf dem Christbaum angezündet werden und ich lese aus der Bibel die Heilige Geschichte vor. Das gehört sich so am Heiligen Abend. Dann singen wir und dann kommen die Geschenke!“

Auch gut. Allen war es recht.

Man räumte gemeinsam den Tisch ab und löschte die Deckenlampe.

Lina zündete die Bienenwachskerzen des Tannenbaumes an.

Eine wunderbare Atmosphäre verbreitete sich.

Der Baum war an Schmuck nicht überladen. Man konnte noch erahnen, wie er draußen im Wald gestanden war, kerzengerade, oben schmal, nach unten nur langsam breiter werdend, aber dann die drei vier untersten Reihen mit einem so weiten Umfang, dass man geradezu darauf wartete, dass darunter noch ein verborgenes Waldtier saß.

Lina richtete ihre Zither.

Das Holz im Kachelofen knisterte, als Emma mit der biblischen Weihnachtsgeschichte begann: „Und es begab sich ..."

Als Emma fertig war, spielte Lina „Stille Nacht". Das kannten alle auswendig.

Es waren wirklich dünne, zittrige Stimmen, die da sangen. Lina hatte schon Recht, als sie dies so bei Hans-Jörg und Peter vorhergesagt hatte.

Dann sangen sie „Kommet ihr Hirten".

Draußen klopfte es.

Sybille schaute sich um. Es waren doch alle da.

Manfred strahlte.

Lina strahlte.

Emma auch.

Und Hilde.

Marie jedoch zog die Stirn kraus. Anna sah man keine Reaktion an.

„Ich mach auf, bleib sitzen", sagte Lina zu Sybille. „Das ist für mich!"

Herein kam sie mit Hans-Jörg und Peter. „Dürfen die zwei eine Weile bei uns hier in der Wohnküche dabeibleiben? Sie sind ein bisschen zu früh, ich hab sie auf neun Uhr zu mir in die Wohnung eingeladen."

Hans-Jörg wollte protestieren. Sie hatte doch acht Uhr gesagt! Doch dann hielt er sich zurück. Er begann, etwas zu ahnen.

Die beiden Brüder holten ihre Geschenke heraus. Sie brachten für alle der alten Damen Braten, Räucherschinken und Würste mit.

Lina sagte: „Wenn wir jetzt schon bei den Geschenken sind, dann drehen wir unser Programm einfach um. Wir wichteln jetzt und singen danach alle zusammen weiter." Lina war jetzt so in Fahrt, da konnte sie keiner mehr bremsen. Also machten alle einfach, was sie sagte.

Die Wichtelgeschenke kamen unglaublich toll an.

Nur Sybille konnte sich nicht konzentrieren. Sie war völlig überrumpelt. Hans-Jörg an Heiligabend in ihrer Wohnküche! Auch das Auspacken und das gegenseitige Bestaunen und Sich-Bedanken vermochten nicht, ihren inneren Gefühlssturm zu beruhigen.

Später sangen alle gemeinsam, Lina und Manfred wechselten sich in der Begleitung ab.

Nach dem letzten Lied fragte Hans-Jörg: „Ich habe Bilder von meinem Urlaub in Thailand dabei. Wollt ihr sie sehen?"

„Aus Thailand? Du warst in Thailand in Urlaub?" Sybille hielt die Luft an.

„Ich fliege jedes Jahr nach der Ernte für drei Wochen allein weg, miete mir ein Motorrad und durchquere damit das Land. Und dieses Jahr war ich in Thailand. Allein!“, betonte er und sah Sybille direkt in die Augen.

Er war allein in Urlaub gewesen.

Und nicht bei seiner Frau in München.

Er war in Thailand mit dem Motorrad unterwegs gewesen!

Allein!

Für Sybille hatte Weihnachten soeben begonnen.

Natürlich spielte an diesem Abend niemand Karten. Hans-Jörg und Peter hatten Lina durchschaut. Man saß einfach zusammen, genoss den Weihnachtsbaum und die Krippe, aß die Weihnachtsplätzchen ohne streitbare Kommentare – sie schmeckten im Übrigen alle sehr gut –, und erzählte von früher.

Es wurde spät.

Nacheinander gingen die Pensionsbewohner in ihre Zimmer.

Weit nach Mitternacht verabschiedeten sich auch Hans-Jörg und Peter. Sybille begleitete sie an die Tür.

„Ich muss noch die Haustüre abschließen“, erklärte sie.

Peter ging schon voraus, Hans-Jörg blieb noch einen Augenblick neben Sybille stehen.

„Ich möchte dich für morgen Abend zum Nachtessen einladen, nur du und ich.“ Ohne auf eine Antwort zu warten, legte er Sybille kurz seine Hand auf die Schulter und hauchte ihr einen Kuss auf die Wange. „Ach ja – frohe Weihnachten.“

## Von guten Mächten treu und still umgeben ...

*Jahreswechsel*

Lina war stolz auf sich. Schließlich war sie die Glückspatin für Sybille und Hans-Jörg gewesen!

Gleich von Anfang an hatte sie mit Emma darüber reden wollen. „Halt dich da raus“, war Emmas einziger Kommentar. Auch als Hilde einzog, erzählte Lina ihr, dass sie den Eindruck habe, die zwei seien füreinander bestimmt. „Sei still, ich will mich da vollkommen heraushalten“, war deren Reaktion. Und in einer gesprächigen Minute hatte Lina auch Marie nicht ausschließen wollen, aber mit ein paar Andeutungen zunächst vorsichtig deren Gedanken zu diesem Thema erkundet. Das war auch gut so. „Wenn später bei den beiden etwas schiefgeht, dann sind die mitschuldig, die es mit angezettelt haben."

Lina hatte damals nur die Augen verdreht. „Ich hätte es wissen müssen. Wie gut, dass Marie ihre Kuh Alma hat. Der ist es egal, was sie ihr wieder Düsteres ins Ohr orakelt", hatte sie gedacht und sich dabei fast auf die Zunge gebissen.

Danach hatte sie beschlossen, keinen mehr in ihre Gedanken einzuweihen.

Anna hatte natürlich von alledem nichts mitbekommen. Aber wenn, dann hätte sie dieses junge Glück womöglich lieber ihrem bewunderten Manfred gewünscht.

Für Anna hatte sich übrigens seit Heiligabend eine neue Welt aufgetan. Wenn sie nicht gerade ihren Gänsen erklärte, dass deren geliebter Teich immer noch zugefroren sei, weshalb sie leider zuhause in ihrem Gehege bleiben müssten, oder bei Lina zum Vögel-Gucken im Zimmer saß oder bei Manfred, um Arco zu streicheln, dann blieb sie neuerdings wieder stundenlang in ihrem Zimmer. Vor sich auf ihrem Tisch hatte sie Unmengen an Notizpapier von Sybille liegen, nebst vielen Bleistiften, Buntstiften, Radierern und einem Spitzer – und dazu einen Bildband von Miró. Ja, Anna bereitete für das kommende Jahr die Geburtstage aller Bewohner in der Senioren-WG vor! Jeder sollte ein im Stil von Miró bemaltes Gänseei erhalten. Auf Sybilles Notizpapier konnte sie täglich üben und Entwürfe anfertigen. Annas altes faltiges Gesicht strahlte wie noch nie in ihrem Leben.

Hoffentlich hörten die Gänse jetzt nur nicht zu legen auf!

Irgendwie war seit Heiligabend jeder in der Pension glücklich. Marie natürlich nur im Rahmen ihrer emotionalen Möglichkeiten, aber sonst wirklich jeder.

Auch drüben auf dem Öko-Hof war ein neues Lebensgefühl eingekehrt.

Am ersten Weihnachtsfeiertag war Sybille abends bei den beiden Brüdern gewesen. Peter verzog sich nach dem Essen in seinen Wohnbereich, und sie und Hans-Jörg hatten den Abend gemeinsam genossen.

Eine wichtige Frage hatte Sybille da doch noch geplagt: „Damals, als deine Frau dir mitteilte, dass sie sich scheiden lassen will – warum hast du da zu mir gesagt, das alles sei für dich gar nicht so einfach? Da sei noch so viel zwischen euch? Bei mir kam das so an, als würdest du sie noch lieben."

„Ich hatte Angst, dass mich die Scheidung finanziell ruiniert. Wir haben im Ehevertrag Gütertrennung vereinbart. Aber ich war mir trotzdem unsicher, welche Hintertürchen ein findiger Scheidungsanwalt wohl finden würde, um mir womöglich sogar den Hof nehmen zu können. Ich habe mir unglaublich viele Sorgen gemacht. Aber es geht alles klar."

„Ich war so eifersüchtig auf deine Frau!", gestand Sybille und küsste ihn.

Als Hans-Jörg wieder zu Atem kam, sagte er: „Und ich habe überhaupt nicht verstanden, was auf einmal los war. Ihr Frauen!"

„Ihr Männer!", neckte Sybille zurück.

„Darf ich dir mal meine Zimmer zeigen?"

„Nur immer zu!"

An diesem Abend war Sybille erst sehr spät wieder zurück in die Pension gekehrt. Hans-Jörg begleitete sie, und der Abschiedskuss dauerte sehr lange. Immerhin war es bis morgen eine lange Zeit, die sie ohne einander auskommen mussten. Am zweiten Weihnachtsfeiertag war Hans-Jörg dann abends bei Sybille zum Nachtessen eingeladen. Eine Zahnbürste hatte er vorausschauend dabei. Er blieb über Nacht.

Und in der Nacht darauf.

Am Sonntag zwischen den Jahren nahm er dann zum ersten Mal am gemeinsamen Sonntagsfrühstück der Senioren-WG in der Wohnküche teil. Nach anfänglicher Verlegenheit wurde es ein gemütlicher Tagesbeginn, der aber jäh in Hektik ausbrach, als die Seniorinnen entdeckten, dass sie vor lauter Schwätzen doch beinahe den Beginn des Gottesdienstes vergessen hatten.

Bevor Hans-Jörg wieder auf den Hof hinüberging, setzte er sich noch für eine Weile in Manfreds Zimmer. Zusammen beobachteten sie die Vögel, die Lina an ihre Futterhäuschen gelockt hatte. Auch Hans-Jörg war fasziniert.

„Das solltest du mal erleben", erzählte Manfred. „Die alten Damen sitzen jeden Morgen an irgendeinem der Fenster und sehen diesen Vögeln zu. Ich bin auch ganz begeistert. Man kommt innerlich zur Ruhe, wenn man ihnen zuschaut."

„Hat denn jede von den Damen einen Blick auf diese Grundstücksseite?"

„Nein, nicht alle. Aber sie laden sich gegenseitig ein."

„Wenn ihr einen Wintergarten hättet, könnten alle die Vögel beobachten. Und jeder könnte kommen und gehen, wann er will. Im Augenblick müssen doch die, die keinen Ausblick auf die Vögel haben, dauernd jemand fragen, und die anderen müssen immer ihr Zimmer zur Verfügung halten. Mit Wintergarten wäre es einfacher."

„Ein Wintergarten wäre schön", stimmte Manfred zu. „Und auch praktisch. Man hätte die Wohnküche als gemeinsamen Treff zum Essen und den Wintergarten zum gemütlichen Herumsitzen." Manfred war jetzt richtig begeistert. „Meinst du, Sybille würde einen anbauen lassen?"

„Lass mal, ich sprech mit ihr."

Lina fuhr nach dem Sonntagsgottesdienst für einige Tage zu Besuch zu ihren Kindern und Enkeln. Zuerst zu ihrem Sohn nach Heidelberg, und Silvester wollte sie bei ihrer Tochter in Freiburg verbringen. Erst nach Neujahr würde sie wiederkommen. Das Füttern der Vögel in dieser Zeit übernahm Manfred.

Derweil trat Emma in Linas organisatorische Fußstapfen. „Wie verbringen wir Silvester?", fragte sie. „Wer ist hier in der Pension, wer ist bei seiner Familie?"

„Ich bin hier", sagte Manfred.

„Ich auch!", sagte Anna.

Hilde erklärte: „Ich bin bei meinem Sohn und seiner Familie eingeladen. Aber ich denke, dass die ganz gerne auch unter sich bleiben. Man sieht sich ja unterm Jahr andauernd. Ich bleibe hier."

„Ich muss ja hierbleiben", sagte Marie.

„Was heißt, du musst? Du musst nicht hierbleiben. Du kannst überall hin auf dieser Welt! Es hält dich hier keiner gefangen!" Emma regte sich sofort wieder über ihre übellaunige Freundin auf.

„Ich hab's ja nicht so gemeint, wie du es gleich wieder verstanden hast. Leg mir doch nicht andauernd jedes Wort auf die Goldwaage. Ich wollte nur sagen, dass ich an diesem Abend hier bin!"

„Also gut. Aber dann sag's auch so. Wir sind also an Silvester zu fünft, denn Lina ist ja bei ihrer Tochter in Freiburg."

„Am Abend bin ich auch nicht da", sagte Manfred. „Da bin ich drüben bei Hans-Jörg eingeladen. Peter, Sybille und ich wollen zusammen essen und um Mitternacht ein kleines Feuerwerk veranstalten."

„Gut, dann sind wir hier in der Pension am Silvesterabend auch zu viert. Ein Quartett für die Jungen, ein Quartett für die Alten."

„Das kriegen wir schon hin. Wir machen es uns gemütlich mit einem Fondue – ja, nur mit Brühe, wir wissen es!" Die immer sanfte Hilde warf Marie einen kämpferischen Blick zu, der jeden Widerspruch unterdrücken sollte. „Und danach spielen wir bis Mitternacht zusammen Mensch-ärgere-dich-nicht."

„Aber vor Mitternacht beten wir auch noch gemeinsam!", sagte Emma.

„Natürlich. Nur keine Sorge!" Hilde nickte.

Anna schwieg wie immer.

Auch Marie hielt den Mund. Sie war gekränkt und fühlte sich unverstanden. Ja, natürlich, sie hatte sich ungeschickt ausgedrückt, als sie gesagt hatte, sie müsse hierbleiben. Aber dass die anderen bei ihr immer so empfindlich reagierten! Dabei hatte sie es gar nicht so gemeint. Es war eben nur falsch herausgekommen.

Marie vergrub sich tief hinein ins Gefühl des ewigen Nicht-Verstanden-Werdens.

Am dreißigsten machte Sybille für ihre alten Damen den Großeinkauf.

Am einunddreißigsten gingen, wie am Heiligen Abend, alle noch gemeinsam in den Gottesdienst. Danach verteilten sich die Jungen und die Alten.

Jede schaute noch nach ihrem Tier und gab ihm einen besonderen Leckerbissen.

Huhn Berta hatte ein Ei gelegt und wurde von Hilde mit reichlich Salatblättern belohnt.

Bei den Gänsen waren alle Nester leer. Trotzdem gab Anna jeder von ihnen ein trockenes Extra-Brötchen.

Die Hasen, die ja Kaninchen waren, erhielten besonders große Karotten, und Emma achtete darauf, dass alle Stalltürchen fest verschlossen waren.

Marie, die Kränkung fraß noch an ihr, streichelte Kuh Alma besonders lange. Sie wusste, Alma würde sie nie falsch verstehen. „Bis nächstes Jahr", verabschiedete sie sich. „Und erschrick dich nicht, wenn es heute Nacht laut wird."

Danach widmeten sich alle der Vorbereitung für den Abend.

Hilde richtete das Fleisch und die Salate, Anna schnitt nach Hildes Anweisungen das Gemüse und die anderen Beilagen klein, Emma verteilte alles in Schälchen und Schüsselchen und verzierte alles liebevoll, und Marie deckte den Tisch.

„Machen wir den Christbaum beim Essen an?", fragte sie.

„Erst zum Beten und Singen", antwortete Emma.

„So fromm und doch so angeberisch!" Diesmal war es Marie, die sich Luft verschaffte.

„Ja, ist schon gut, aber beim Essen schaut doch eh keiner auf den Baum, und beim Spielen erst recht nicht."

„Aber es wäre trotzdem schön, wenn die Christbaumkerzen an wären, denn ohne Baum sind wir ja das ganze Jahr, aber mit einem Christbaum nur wenige Tage!" Marie hatte nicht vor aufzugeben – auch wenn sie verschwieg, dass ihr Mann nie einen Christbaum gewollt hatte und sie diese Weihnachten den ersten Weihnachtsbaum seit Jahrzehnten erlebte. Nicht, dass man sie gleich wieder falsch verstehen oder als Jammerliese hinstellen würde.

„Marie hat eigentlich recht. Ich bin auch dafür, dass wir die Kerzen den ganzen Abend brennen lassen", sagte Hilde, versöhnlich wie immer. „Lina hat uns genügend Kerzenvorrat hingelegt."

„Überstimmt", nickte Emma. Dann ging sie zu Marie und nahm sie in den Arm. „Entschuldigung, ich bin manchmal sehr ungeduldig mit dir. Aber du regst mich einfach auf, wenn du immer so übellaunig rüberkommst."

„Du regst mich auch auf, wenn du mir dauernd über den Mund fährst!"

„So, jetzt seid ihr beide aber quitt!" Hilde sprach ein Machtwort.

„Ich hab dich aber trotzdem lieb!", sagte Emma schnell.

„Ich dich auch!"

Danach arbeitete jede still vor sich hin.

Vor den Fenstern war es bereits dämmrig. Im Zwielicht spiegelte sich der Christbaum in den Fenstern. Er verströmte einen intensiven Tannenduft.

Vom Kachelofen her hörte man das heimelige Knistern des Holzes.

Dazu das Ticken der Kuckucksuhr.

Im Haus rührte sich nichts.

„Ohne Lina ist es ganz still!"

Das war Anna.

Alle unterbrachen ihre Tätigkeiten.

Anna hatte ausgesprochen, was alle schon den ganzen Tag dachten. Ohne Lina fehlte etwas.

„Du hast Recht!", sagte Emma.

„Keiner wirbelt dauernd herum!", ergänzte Hilde.

„Keiner sagt, was man machen soll!"

„Wann kommt Lina wieder?", fragte Anna.

„Morgen.“

„Ich glaube, sie kommt erst übermorgen.“

„Nein – sie kommt jetzt!“

Unter der Tür stand Lina und strahlte wie immer.

„Ich hab’s ohne euch nicht mehr ausgehalten. Da bin ich nach dem Kaffee einfach losgefahren. Und jetzt bin ich wieder da!“

Stürmisch umarmte sie jeden. „Auf geht’s, ich hab Hunger!“

Drüben bei den Jungen gab es Raclette. Nach den vielen Schlachtwürsten war es Hans-Jörg und Peter nach Käse gewesen. Hans-Jörg erzählte dabei von der Idee des Wintergartens. „Man müsste die Außenwand neben Manfreds Zimmer aufbrechen, abstützen lassen und davor den Wintergarten anbauen.“

Sybille fand den Gedanken nicht schlecht.

Peter erzählte, dass Kyly trächtig sei. „Das ist sicher auch für Kuh Alma schön. Sie darf sich bestimmt viel mit dem Kalb abgeben, so, wie Kyly und Alma sich verstehen … Es ist schon ein unglaubliches Sammelsurium an Tieren zusammengekommen. Drei Hasen, ein Huhn, vier Gänse, eine Kuh“, sinnierte er. „Und nächstes Jahr kommt noch der uralte Haflinger von Hannes dazu.“

Hans-Jörg fragte zu Sybille gewandt: „Willst du das Projekt Senioren-WG in deiner Pension wirklich weiterführen?“

„Ja.“

„Hans-Jörg und ich haben uns darüber unterhalten“, sagte Peter. „Hunde und Katzen im großen Stil möchten wir auf unserem Hof eigentlich nicht aufnehmen. Aber alte Nutztiere, die von ihren Besitzern nicht getötet werden sollen, das können wir uns gut vorstellen. Nicht gleich richtig viele oder gar ganze Herden, aber so, dass auch deinen zukünftigen Alten und ihren geliebten Tieren geholfen wäre.“

„Es wäre ein Geschenk für Mensch und Tier“, sagte Manfred und kraulte Arcos Fell.

Peter sah zu Arco hinunter und grinste ihm zu: „Ausnahmen gibt es immer!“

Auch in der Pension saß man inzwischen gemütlich mit dem Fondue um den Tisch und aß.

Lina erzählte: „Als ich so unterwegs war, bei meinem Sohn und dann bei meiner Tochter, da habe ich viel an hier gedacht. Was wir hier haben, ist etwas Wunderschönes für uns Alte, aber auch eine Gnade für unsere Tiere. Da habe ich gedacht, nennen wir unser Wohnmodell doch ‚Pension Alte Gnade'. ‚Senioren-WG' können sich alle nennen, aber das, was wir hier haben, das verdient einen besonderen Namen."

Emma bekam Tränen der Rührung in die Augen. „Pension Alte Gnade. Wie schön das klingt. Weißt du noch, damals, als ich meine Hasen schlachten musste? Du bist gerade noch dazugekommen, bevor alle tot waren. Und den Überlebenden geht es jetzt so gut."

„Und Huhn Berta hat so ein schönes Gehege bekommen und so einen schönen Stall."

„Und meine Gänse haben einen Teich."

„Und dass ihr Alma und mich hierhergeholt habt."

„Uns Alten geht es gut, und unsere Tiere haben hier fast so etwas wie einen Gnadenhof." Emma heulte und die anderen auch ein wenig. Aber es waren Tränen der Dankbarkeit.

„Auf jetzt, dass wir mit dem Essen fertig werden und mit Spielen beginnen können. Ich hab die Binokel-Karten schon gerichtet", unterbrach Lina jäh die rührselige Stimmung.

Marie widersprach: „Wir spielen heute Mensch-ärgere-dich-nicht. Das können wir alle. Binokel kannst nur du. Das haben wir so ausgemacht."

„Also gut. Spielen wir Mensch-ärgere-dich-nicht. Viel Zeit bis Mitternacht ist eh nicht mehr."

Die Zeit verging allen wie im Flug und keine wurde müde.

Drüben, bei den Jungen, zeigte HansJörg Bilder vom Urlaub. Kurz vor zwölf Uhr packte Manfred seine Gitarre aus und sie sangen die neuen, aber für ihre Generation auch schon zur Tradition gewordenen Lieder von Abschied und Wiederkehr im Leben und von der ungewissen Zukunft.

In der Pension stimmte Lina vor Mitternacht nochmals ihre Zither, Hilde richtete den Sekt und die Gläser und Emma verteilte die Gebetbücher.

Alle Lampen wurden ausgemacht, nur das weiche Kerzenlicht des Baumes war im Raum. Das Lied, das sie aus dem Gesangbuch sangen, kannten sie sowieso auswendig.

*Von guten Mächten treu und still umgeben,*
*behütet und getröstet wunderbar,*
*so will ich diese Tage mit euch leben*
*und mit euch gehen in ein neues Jahr.*
*Von guten Mächten wunderbar geborgen,*
*erwarten wir getrost, was kommen mag.*
*Gott ist mit uns am Abend und am Morgen*
*und ganz gewiss an jedem neuen Tag*[7].

## Neubeginn und Wiederkehr

*Januar*

In der Nacht hatte es geschneit. Still und unberührt lag die Natur unter einer weißen Schneedecke, darüber ein grauer Himmel, der noch mehr Schnee verhieß. Es war ein friedvoller Bilderbuch-Wintermorgen.

Aber Lina hatte gerade keinen Blick dafür. Bewegungslos stand sie bei den Vogelhäuschen und schaute immer nur hinüber zur großen Tanne.

Von hinten kam Hilde.

„Pssst!", flüsterte Emma.

„Was ma …"

„Psssssst!!!"

Auch Hilde stand nun unbeweglich.

„Warum …"

„STILL!", hauchte Lina, aber mit Nachdruck. Und nach einer Weile: „Siehst du ihn?"

Hilde schaute sich um. Wen sollte sie sehen?

„Beweg dich nicht!" Lina wisperte nur noch.

Hilde, wieder nach einer Weile: „Wen soll ich sehen?"

„Dort drüben auf der Tanne. Er ist der Erste."

„Wer?", flüsterte Hilde.

„SEI DOCH NICHT SO LAUT UND BEWEG DICH NICHT!"

---

[7] Liedtext (1944) von Dietrich Bonhoeffer (1906–1945).

Lina begann zu pfeifen. Schon den ganzen Dezember über hatte sie beim Füttern ihrer Vögel diesen Lockruf gepfiffen.

„Jetzt kommt der Zweite. Siehst du ihn?“

Hilde sah ihn nicht. Wen auch?

„Jetzt kommt noch einer. Dort auf der Tanne. Und noch einer ! Und noch einer! Sie kommen! Sie sind da. Sie haben mich gefunden.“ Vor lauter Rührung und Aufregung konnte Lina nicht mehr weiterpfeifen. Sie brauchte ein Taschentuch.

Jetzt sah es auch Hilde.

Auf der Tanne, noch etwas entfernt von den Futterhäuschen, begannen sich Dompfaffen zu sammeln. Drei, vier, fünf, zehn, immer noch mehr, jetzt waren sie nicht mehr zu zählen.

„Am Anfang sind sie noch scheu. Aber sie kommen bald an ihre Futterhäuschen. Sie haben sie erkannt. Und mich auch!“ Lina strahlte, wie man sie hier in der Pension noch nie strahlen gesehen hatte.

Emma, die gerade bei ihren Hasen war, beobachtete von Weitem, dass sich drüben bei den Futterhäuschen etwas tat. Warum sonst standen Lina und Hilde so still?

Vorsichtig lief sie zu ihnen.

Lina fasste sie am Ärmel: „VORSICHT! Du darfst dich jetzt nicht schnell bewegen. Bleib einfach ganz still stehen.“

Die drei Frauen hielten fast die Luft an.

Endlich flog ein Dompfaff zu einem der größeren Vogelhäuschen. Eben noch vorsichtig und schüchtern, vertrieb er jetzt sofort einen der Spatzen.

„Frecher Kerl!“, sagte Emma.

„Mutiger Kerl! Es hängen genug Vogelhäuschen herum. Da können sich alle Vögel gut verteilen“, flüsterte Lina.

Ein zweiter Dompfaff flatterte dazu. Beide begannen emsig zu picken.

„Ein Pärchen?“

„Nein. Die Weibchen sind an der Brust nicht so intensiv rot, die sind beige. Aber am Kopf sind sie gleich. Still bleiben!“

Vier oder fünf weitere Dompfaffen wagten es, setzten sich dazu und futterten.

„Die sind ziemlich hungrig.“

„Die haben sicher schon ein paar Tage lang vor meinem Haus ihre Futterstellen gesucht und nicht gefunden.“

„Vor deinem Haus? Und wie haben sie dann hierhergefunden?“

„Ich bin jeden Morgen von meinem Haus aus durch den Ort und habe den Lockruf gepfiffen.“

Die Frauen blieben trotz der Kälte fast regungslos im Schnee stehen.

Jetzt bahnte sich ein Schauspiel an. Von allen Seiten her flogen aus den Baumwipfeln mindestens zwanzig Dompfaffen hinzu. Nun waren auch die Weibchen dabei.

Anna, mit dem Füttern ihrer Gänse fertig, hatte die drei beobachtet und stellte sich vorsichtig dazu.

„Das sind meine Dompfaffen!“ Lina wandte sich zu ihr um und strahlte. „Sie haben mich gefunden.“

Von seinem Zimmer aus hatte Manfred gesehen, dass sich bei den Futterhäuschen etwas Besonderes tat. Es war lauter als sonst am Morgen und unter den Vögeln war eine zeternde Aufregung, ein hektisches Auf und Ab ausgebrochen. Er sah, dass eine Schar von leuchtend-bunten Vögeln zu den Futterhäuschen gekommen war und sie bevölkerte. Und dass Lina, Emma, Hilde und Anna fast unbeweglich dort drüben standen. Neugierig geworden, zog er sich warm an und stellte sich mit seinem Rollstuhl ebenfalls dazu. Ohne Arco. Und ohne Sauerstoffflasche.

„Vorsicht! Ihr müsst ganz ruhig stehen. Die kennen euch noch nicht. Nicht, dass ihr sie mir verscheucht.“

Weitere Dompfaffen wagten sich aus den Baumwipfeln herunter zu den Futterhäuschen. Unruhig flatterten sie auf und ab, von Häuschen zu Häuschen und vertrieben dadurch die anderen Vögel. Aber die Meisen kamen sofort zurück. Die Spatzen auch. Die Buchfinken auf dem Boden hatten sich gar nicht erst stören lassen.

„Soll ich Sybille holen?“

„Schon da.“

Ein Weile standen alle einfach nur regungslos.

Bis Sybille Lina zuflüsterte: „Jetzt weiß ich auch, warum du unbedingt die zwei Zimmer auf dieser Hausseite wolltest. Du hast von Anfang an gewusst, dass die Dompfaffen kommen werden.“

„Nicht gewusst. Aber gehofft.“

Marie kam gerade zurück von Kuh Alma und gesellte sich staunend dazu.

Inzwischen flogen, hüpften und flatterten sicher über dreißig Dompfaffen herum.

Dazu noch die vielen anderen Vögel.

Es war unbeschreiblich.

Selbst die Amseln auf den Zweigen rückten näher zum Geschehen.

Niemand wollte gehen. Erst als alle zu frieren begannen, kehrten sie langsam zurück ins Haus.

Nur Lina blieb.

Langsam, ganz langsam, und immer wieder den Lockruf pfeifend, ging sie näher zu den Vögeln.

„Ich hab auf euch gewartet, das ganze Jahr", flüsterte sie. „Ich hab so auf euch gewartet."

# Renate Ndarurinze

**Shaker Media**
ISBN 978-3-95631-584-8
262 Seiten
Deutsch
Paperback
20,5 x 12,5 cm
14,90 EUR


## Tanganjika

So fern - so nah

Eine junge Frau entflieht der Enge ihres Studienortes Genf und folgt ihrem Liebhaber in seine Heimat Burundi, ein Land kurz nach der Befreiung von den Kolonialmächten, dessen Menschen und Natur die Frau sofort in ihren Bann ziehen. Die Romanze endet, und fortan ist Elisa auf sich allein gestellt. Sie versucht, sich der fremden Kultur anzupassen, ohne ihre eigene Identität preiszugeben. Eine Herausforderung, die sie nicht nur um viele Erfahrungen reicher machen wird...
„Sie gehen barfuß mit schweren Körben auf den Köpfen und lachen, als wäre dies ihr größtes Vergnügen. Wie soll man das verstehen?"

# Gabriele Schmiedgen

**Shaker Media**
ISBN 978-3-86858-926-9
158 Seiten
Deutsch
Paperback
12 x 19 cm
12,90 EUR

## Altern mit Happy End

Wir haben, wenn wir in Rente gehen, noch etwa zwanzig wertvolle Jahre vor uns. Das Buch möchte dazu ermutigen diese Zeit zu nutzen, um selbstbestimmt, körperlich und geistig fit noch viel Jahre erleben zu können.

Die "Alten" - ab 60 - sind nicht zu alt, um Träume zu verwirklichen.

Träume wahrzumachen, macht glücklich und nachweislich auch gesund. Nur wer glücklich ist, kann andere glücklich machen.

So ist es eine wunderbare Aufgabe, im Alter das eigene Glück zu suchen oder zu vertiefen und an die jüngeren Generationen weiterzugeben.